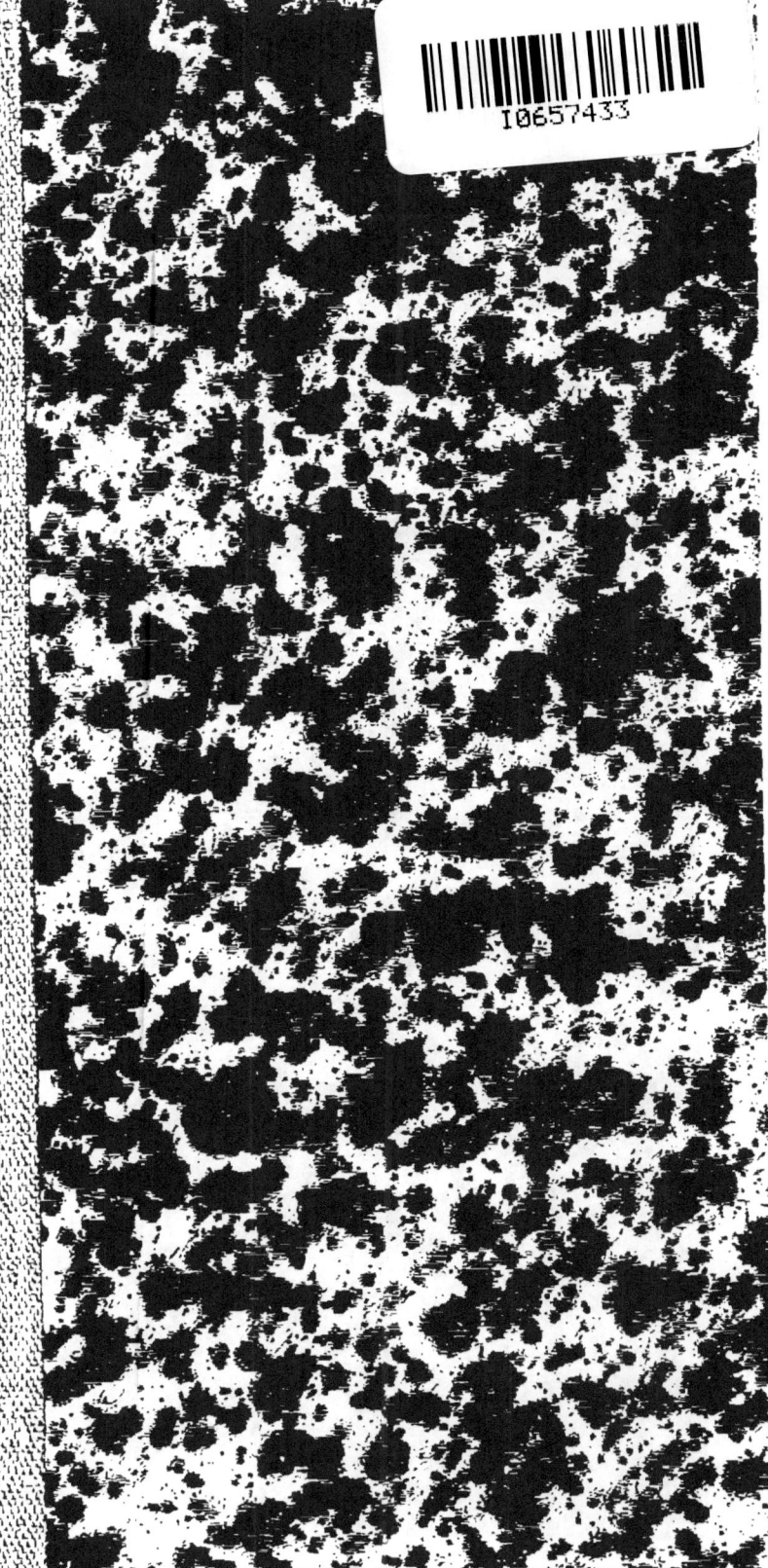

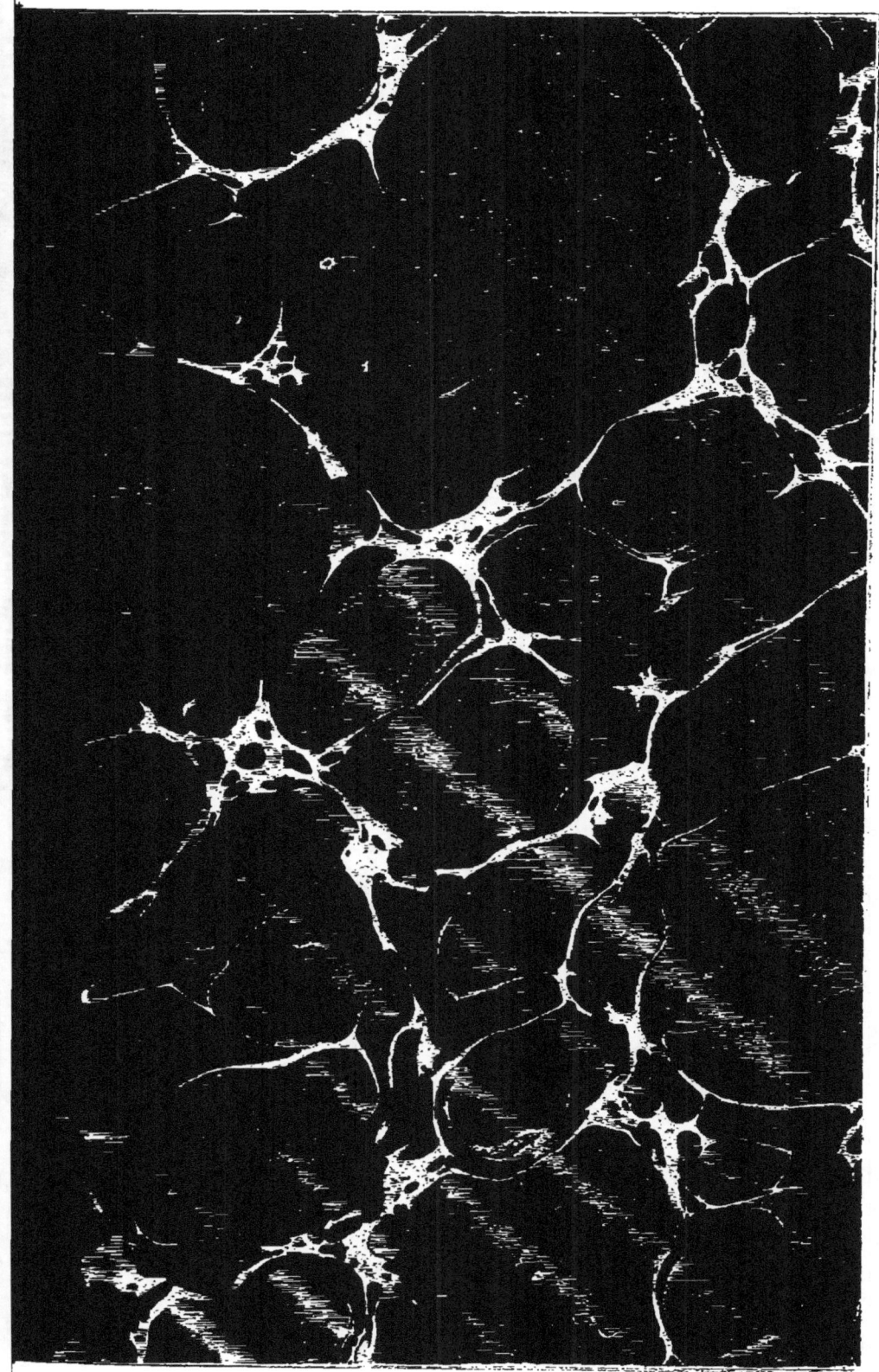

P.L. MARTIN

HECTOR DE CALLIAS

LE DIVORCE

DE

MARGUERITE

COMMENT ON SE SÉPARE — UN ENFER ROSE

PARIS

CALMANN LÉVY, ÉDITEUR

ANCIENNE MAISON MICHEL LÉVY FRÈRES

RUE AUBER, 3, ET BOULEVARD DES ITALIENS, 15

A LA LIBRAIRIE NOUVELLE

—

1876

164

LE DIVORCE

DE

MARGUERITE

PARIS. — TYP. MOTTEROZ, RUE DU DRAGON, 31

LE DIVORCE

DE

MARGUERITE

COMMENT ON SE SÉPARE — UN ENFER ROSE

PAR

HECTOR DE CALLIAS

PARIS

CALMANN LÉVY, ÉDITEUR

ANCIENNE MAISON MICHEL LÉVY FRÈRES

RUE AUBER, 3, ET BOULEVARD DES ITALIENS, 15

A LA LIBRAIRIE NOUVELLE

—

1876

LE DIVORCE

DE

MARGUERITE

LE DIVORCE

DE

MARGUERITE

Henry Drancey alla un matin déjeûner
en ville chez un certain M. de Barsault,
qu'il venait de retrouver après l'avoir
perdu de vue depuis la sortie du collége.

Quand il entra dans la maison, il

entendit une sorte de discussion entre la domestique et un pâtissier.

Dans le salon, il trouva seul un autre de ses anciens camarades, qui était connu au boulevard sous le nom de Toto : gommeux fort aimable qui savait au besoin dire un mot ou donner un coup d'épée.

Quoique Henry n'eût pas passé trente ans, et ne fût point par conséquent un formaliste des plus rigoureux, il se trouva un peu étonné de cette singulière manière d'être reçu, car M. de Barsault était marié.

Mais il n'eut pas le temps de manifester ce sentiment, car Toto, après lui avoir

désarticulé les phalanges par une énergique poignée de main, lui demanda tout
d'abord :

— Eh bien, tu mets donc de l'argent
dans les Usines réunies ?

— Mais pas du tout, répondit Henry,
qu'est-ce que cela veut dire ?

— C'est que te voici chez Barsault, et
Barsault fait des Usines réunies. Il m'en a
insinué un certain nombre, une occasion
unique, selon lui. Voilà des occasions
dont il faut se méfier ! Les actions ont
monté très-peu, elles ont baissé beaucoup, elles remontent encore très-peu ;
le pauvre garçon en est tout agité. Tu

comprends, c'est lui qui m'a fait faire l'affaire !

— Oh ! repartit Henry, tu m'inquiètes ! Je viens ici sur la foi des traités ! Je n'ai pas vu Barsault depuis le collége, où il était un peu vaniteux, un peu présomptueux, il est vrai, mais gentil en somme. Je le rencontre l'autre jour ; enchantés de nous retrouver ; il m'invite, et me voilà. Serait-ce un homme à ne pas voir ? J'ai voyagé depuis quelques années, et je n'ai plus le pied bien parisien.

— Ne va pas si vite, interrompit Toto. Tu peux voir Barsault, je le vois bien, moi ! Je ne lui en veux pas de cette spéculation qui me donne du tracas, mais dont il est plus ennuyé que moi, au fond. Tu trouveras peut-être des gens qui te diront du mal de lui, parce qu'il est un peu léger d'allures..... qu'il ne fait pas avec sa femme un ménage parfait. C'est une

1.

union qui a des nuages, et même un nuage perpétuel. Ils se rencontrent à table, quand il mange chez lui; mais voilà tout. Ils portent tous deux fort bien leur situation; Mme de Barsault est une parfaite honnête femme, et ils sont charmants tous deux !

Sur ces entrefaites, on vit apparaître Mᵐᵉ de Barsault, jeune femme, jolie et fort distinguée, dont la mise simple contrastait singulièrement avec l'ameublement tant soit peu prétentieux et tapageur de l'appartement.

Elle dit bonjour à Toto, en s'excusant de ne pouvoir rester à faire les frais de la conversation, absorbée qu'elle était par ses occupations de femme ayant à faire manger d'honnêtes gens, et s'étonna légèrement de ce que son mari ne fût pas là pour recevoir ses hôtes.

Elle parlait, du reste, avec cette sorte de volubilité qui trahit les personnes mal à leur aise. Toto s'en aperçut particulièrement quand il lui présenta Henry, lequel ne paraissait pas moins gêné, si bien que, lorsqu'ils se trouvèrent seuls, il demanda à ce dernier :

— Tu as l'air tout troublé... serait-ce de l'amour à première vue ?

Henry réfléchit quelques secondes et répondit :

— Non, ce n'est pas cela. Mais voici :

Il y a entre cette femme et moi un secret, qui n'en est pas un, et dont cependant je te prie de ne point parler. Dans ces derniers temps, la succession de mon oncle m'a occasionné beaucoup de courses. Tous les matins, à la même heure, je passais le long de la Madeleine. Là, je voyais, quelquefois deux jours de suite, quelquefois à deux ou trois jours d'intervalle, entrer par le bas-côté de l'église, une jeune femme que j'avais remarquée dès la première fois que je l'avais aperçue. Nous nous étions rencontrés presque nez à nez sur la chaussée, qui est très-étroite à cet endroit. Elle m'avait frappé par sa distinction et surtout par un air de tristesse infinie qui perçait la transparence de son voile. On sentait quelqu'un qui avait besoin de prier.

— Alors, dit Toto, tu as esssayé de
l'empêcher de prier, tu l'as suivie?

— Non, reprit Henry, je prétends ne
pas être un homme mal élevé. Mais
figure-toi ce qui m'arrive : une fois, c'é-
tait près du marché aux fleurs, j'achète
un bouquet de violettes de deux sous. Je
me trouve à côté de cette femme, qui prenait aussi pour deux sous de violettes.
Elle ouvre un porte-monnaie, il était
vide !

— Bon, s'écria Toto, tu as donné deux
sous pour elle en t'excusant beaucoup, et
vous avez fui chacun de votre côté comme
deux voleurs. Cet accident est vieux et

charmant comme tout. Comment a-t-il fini?

— J'avoue que je suis revenu le lendemain et les jours après. Jamais je ne l'ai revue.

— Et c'est Mme de Barsault? continua Toto. L'aventure ne me surprend pas. Son mari lui fait porter des chapeaux de quatre louis, qui durent huit jours, mais elle peut très-bien n'avoir pas toujours deux sous dans son porte-monnaie!

Ils auraient pu longtemps causer ainsi, mais la porte s'ouvrit pour laisser entrer le maître de la maison, M. de Barsault, homme jeune, d'apparence un peu fatiguée et affairée.

Il rentrait en toute hâte et, quand il défit son pardessus, on put voir qu'il portait un habit et une cravate blanche

2

qui avaient dû passer la nuit n'importe où.

Une demi-heure après, on déjeûnait.

Les autres convives étaient : d'abord, une princesse russe de beaucoup d'esprit, ancienne amie de pension de Mme de Barsault et qui semblait avoir dans cette maison toutes les défiances que montre un chat dans un endroit qui lui est inconnu ; ensuite le comte de V..., gentilhomme de grande fortune, un peu mêlé aux affaires, portant vertement ses cheveux gris, qui ne lui avaient pas encore enlevé une réputation de viveur fort établie dans les cercles.

La princesse se trouva justement re-
connaître Henry, qu'elle avait rencontré,
un an auparavant, dans les environs des
pyramides d'Égypte, et la glace fut bien
vite rompue. Barsault était enchanté,
il entrevoyait à la Bourse des horizons
riants, et le comte le priait d'accepter un
petit poney-chaise de rien du tout, attelé
de petits corses, excellents trotteurs, lesquels pourraient être fort utiles à Madame dans ses courses du matin au bois.

Lorsque les hommes se mirent à fumer, les deux femmes se retirèrent dans la chambre de Mme de Barsault.

— Dites-moi, Marguerite, commença la princesse, il y a longtemps que vous connaissez M. Henry Drancey?

2.

— Non... c'est la première fois qu'il vient ici.

— Mais vous l'avez vu autre part?

Marguerite, sentant qu'elle n'avait pu cacher son embarras aux yeux d'une ancienne amie, lui raconta tout simplement l'histoire des violettes de la Madeleine.

— Oh! faites-bien attention à vous, dit la princesse, après avoir écouté. Pourquoi des chagrins de plus?... Parlons d'autre chose. Votre mari m'a l'air bien gai.

— Oui, fit Marguerite. Il est dans ses bons jours. J'aime à le voir ainsi. C'est son plaisir de vivre bruyamment chez les autres et chez lui.

— Oui, je comprends, dit la princesse d'un air rêveur.

Puis après une pause :

— Voulez-vous que je vous dise? Votre comte m'agace !

— Et pourquoi, mon Dieu! s'écria Marguerite,

La princesse la fit asseoir auprès d'elle.

— Écoutez, mon enfant, ne vous formalisez pas de ce que je vais vous dire. M. de Barsault est ce qu'on oppelle un charmant garçon, il possède, après tout, une situation honorable et fort suffisante par elle-même. Il devrait être très-heureux... à sa manière, comme vous dites,... puisque, entre vous, trop de fautes de sa part ont rendu le bonheur impossible. Mais il faut compter avec les circonstances. Il mène un train, vous le savez bien, qui dépasse ses moyens, et il fréquente des gens... des hommes... comment vous dire, d'une sphère autre que la sienne, dont il peut se trouver l'obligé, sans facilité pour leur rendre !

Marguerite répondait tristement :

— Que voulez-vous que j'y fasse ! Il croit rétablir sa fortune par de grandes

entreprises... il faut qu'il voie certaines
gens. Puis-je m'y opposer, et par mon
attitude lui donner le droit de me faire,
entre mille reproches, celui d'être un
obstacle à ses projets, à son activité? Je
ne suis plus sa femme, il est vrai, mais
ne dois-je pas rester sa camarade?

La princesse se leva et fit d'un ton
sérieux :

— Oui, mais jamais son associée!

— Oh, vous le calomniez! dit Marguerite, se levant à son tour.

Ces dames et ces messieurs se rejoi-
gnirent ensuite. Le comte et M. de Barsault allèrent ensemble à l'hôtel Drouot
voir des tapisseries qu'on disait exquises.

Toto et Henry Drancey restèrent longtemps à causer avec les deux jeunes

femmes, et, somme toute, Henry emporta de cette visite une impression, qui, quoique mélangée de quelques points fâcheux, ne l'empêcha pas de revenir.

Henry continua, cela va sans dire, à fréquenter la maison Barsault.

Il avait souvent l'occasion de voir Marguerite, et, peu à peu, bien des confidences furent échangées sur un ton qui, pour être assez vague, ne laissait pas que de faire pressentir bien des choses difficiles à préciser.

Marguerite n'aimait pas à se plaindre. Elle avait une nature beaucoup trop fière pour cela. Mais il était impossible de ne pas deviner en elle tout un monde d'espérances étouffées et de répugnances subies.

Le rôle d'une femme jolie et distinguée comme elle l'était se trouvait particulièrement difficile dans le milieu qui lui était imposé. C'eût été une créature frivole et sans conséquence, ou bien une de ces malheureuses qui ne semblent vivre dans l'intérieur conjugal qu'à l'état de domestiques non salariées, que sa position eût été beaucoup plus nette et plus facile à soutenir. Mais être jeune et vrai=

ment femme, voir la vraie vie passer devant soi sans pouvoir y goûter, en être réduite à désirer la pluie pour ne pas être obligée de repousser le rayon de soleil qui vient frapper à la fenêtre, c'est une situation douloureuse et dangereuse. C'est peut-être à cause de cela que Marguerite allait si souvent prier à la Madeleine, — en passant par le marché aux fleurs !

Bientôt, beaucoup plus vite que ne l'avait prévu la prudence de l'un et de l'autre, ils s'aimèrent sans se le dire, comme d'un accord tacite.

Henry était un fort honnête homme, et il se serait fait scrupule de penser à la femme d'un ami. Mais sachant, par son intimité dans la maison, la réalité de la

3.

séparation de corps à domicile qui existait entre les deux époux, il ne lui paraissait pas aimer une femme mariée, ni
faire injure à M. de Barsault, que d'ailleurs
il regardait comme une simple relation.

C'était jouer plus gros jeu qu'il ne pensait.

Henri Drancey était un garçon qui, sans être original, n'avait pas le caractère fait comme celui de tout le monde. Je n'en citerai qu'un exemple ; à l'âge de vingt-neuf ans (et cet âge est très-ca-

ractéristique pour les hommes, parce
que, aussi bien que les femmes, ils n'ai-
ment pas changer de numéro de dizaine)
il n'avait pas encore été amoureux. Ce
seul trait suffit à lui constituer une phy-
sionomie à part, car presque tout le
monde juge utile, à peine au sortir des
classes, de contracter une très-grande
passion.

Dire qu'il ne sût pas du tout de que
c'était que les femmes, voilà une question tout à fait différente. Il les admirait
en artiste, et il en avait assez pu deviner
le caractère essentiel, avec ses qualités
et ses défauts, pour juger que posséder

entièrement, à soi, le corps et l'âme d'une femme doit être un bonheur auprès duquel toutes les satisfactions ne sont rien.

Au fond, et précisément parce qu'il n'avait pas aimé avec facilité, il était né amoureux de vocation. Car c'est une spécialité que l'amour : quand cette passion est très-forte dans le cœur d'un individu, elle est aussi difficile à assouvir que peuvent l'être l'ambition, la soif de l'or, ou tout autre des grands ressorts qui font mouvoir la nature humaine.

Certaines heures d'amour peuvent donner à celui qui les éprouve tout autant que la gloire et la puissance, car au fond, les hommes véritablement poëtes n'ont pas besoin des honneurs du dehors pour goûter de la vie tout ce qu'elle peut offrir de joie.

Les gens de cette sorte, lorsqu'ils arrivent à l'amour vrai et définitif, qu'ils rencontrent tôt ou tard, y apportent leur cœur tout entier, et y sacrifient au besoin leur vie.

Du reste, cette énergie dans l'affection qu'on porte à une femme ne doit pas

être considérée comme un fait exceptionnel.

Les lois et les religions ont resserré
par des liens très-étroits l'union de
l'homme et de la femme, précisément
parce qu'il a été estimé qu'elle doit avoir
lieu dans le sens du dévouement le plus
complet l'un à l'autre.

Henry, qui peut-être avait pris ces
choses-là au sérieux plus que ne le font
la plupart de ses contemporains, ne s'était
pas marié et ne s'était attaché à aucune
femme, parce qu'il n'avait pas encore
ressenti l'entraînement qui fait qu'on se
donne pour toujours à quelqu'un.

Il était fort surpris lorsqu'il voyait

une jeune fille épouser un homme sans l'aimer véritablement, ou un homme faire du mariage une affaire. Évidemment, le sens de la société civilisée lui manquait un peu.

Quant à Marguerite, c'était une femme qui, par son esprit et ses sentiments, méritait d'être aimée; à certains points de vue même, c'était une nature d'élite.

Une seule chose lui manquait, c'était l'indépendance du caractère. Elle avait été élevée comme le sont la plupart des femmes de chez nous, à qui l'on accorde

4.

une grande liberté d'allures, de pas et
de démarches, une fois qu'elles ont com-
paru devant la mairie et devant l'église,
mais qui n'en sont pas moins d'absolues
esclaves au point de vue de la destinée.
On leur permet tout à peu près, excepté
le scandale ; et la rupture d'avec un
mari, même indigne, est toujours considérée comme un acte scandaleux.

A combien de compromis déshonorants
une femme peut être amenée dans de
pareilles conditions, c'est ce que beaucoup savent, hélas, et sans avoir l'intré-
pidité de se plaindre tout haut.

Mme de Barsault sentait bien le milieu dangereux dans lequel elle vivait et n'ignorait pas que sa dignité en souffrait. Mais elle n'avait pas la personnalité assez prononcée pour se plaindre, pour faire cesser cet état de choses et se réfugiait plus aisément dans cette consolation mystique que donne la prière, et dans l'affection d'Henry à laquelle elle se livrait sans réserve, sûre qu'elle était de la conserver pure autant qu'elle le voudrait.

Elle avait une mère qui aurait dû lui servir de guide et la réveiller de ce demi-sommeil perfide. Mais ce n'était qu'une brave femme, très à cheval sur les principes, qui venait de temps en temps embrasser sa fille d'un air pénétré qui signifiait :

— Merci, mon enfant, de ce que tu fais pour nous! Continue!

Et elle trouvait avoir pleinement satisfait à ses devoirs maternels.

L'auteur a eu le bon goût d'épargner au public une préface.

Le public, reconnaissant de ce bon procédé, voudra bien lui permettre une parenthèse.

Il y a une remarque qui ne manque pas de justesse et qui peut être posée

toutes les fois qu'on rencontre un ménage disproportionné :

Voici une femme charmante et estimable à tous les égards; ou bien, voici
un homme d'honneur, agréable de sa
personne : ni l'un ni l'autre ne sont ce
qu'on appelle heureux en ménage.

A quoi cela tient-il?

Vous interrogez cet homme, ou plutôt
vous examinez sa situation. Vous trouvez
qu'il est accolé à une femme vaine, sans
cervelle, — et souvent sans esprit, —
ne vivant que de chiffons et de bruit
fait autour d'elle.

Quant à cette femme, elle aura été unie
à un homme pour qui le sentiment de

l'intérieur n'existe pas et que la première créature venue attire par la raison
même qu'elle n'est pas sa femme.

Ces deux cas, assurément, ne sont pas
bien pendables. On peut être coquette ou
léger sans être un monstre. Cependant,
il suffit qu'un des deux époux soit malheureusement doué du caractère que nous
venons d'indiquer, pour que le ménage
soit un supplice de tous les jours.

Mais, à côté des gens frivoles, auteurs
de peccadilles aussi insupportables que
perpétuelles, il y a des coupables. Il y
a, dans les hommes et dans les femmes,
des natures absolument dénuées de sens

moral, avec qui la vie commune, au lieu
d'être simplement douloureuse, devient
honteuse.

La société, — du moins celle que la
Restauration nous a faite, — a bien voulu
admettre que cette situation peut se pro-
duire et, en abolissant le divorce, qui
gênait nous ne savons qui de l'autre
côté des Alpes, et nous ne savons pas
pourquoi — ces sortes de personnes étant
fort peu intéressées dans la question —
elle a reconnu que la séparation de corps
et de biens était indispensable : c'est
une sorte de commutation de la peine.

Mais les législateurs de cette époque,

qui n'avaient assurément ni l'intelli-
gence ni l'humanité du Premier Consul
et de ses collaborateurs, n'ont 'pas reconnu que la loi confectionnée par eux
offrait tous les inconvénients de la loi
qu'ils supprimaient sans en posséder les
avantages. La séparation trouble l'éducation des enfants autant que peut le
faire le divorce. De plus, elle jette les
séparés dans la catégorie des déclassés.
Pour l'homme, le café; pour la femme, le
couvent. Maintenant, si ces deux êtres,
qui sont jeunes — car les vieilles gens ne
se séparent guère — essayent de recommencer l'existence par de ces unions que
les mœurs, plus clémentes, admettent à

condition qu'elles soient discrètes, la mauvaise humeur, et souvent un calcul odieux de l'un de ces époux, suffit à mettre les gendarmes en campagne. Ce que la suppression du divorce a fourni d'occasions au métier du chantage est incalculable. Les exemples en sont trop célèbres pour avoir besoin d'être cités.

Que laisse-t-on donc à ceux qui ont pris un mauvais billet à la loterie matrimoniale? Pour les audacieux, le sort des aventures; pour les autres, la souffrance, qui ne réussit pas toujours à se cacher.

Souffrir, c'est très-bien, quand cela a une raison d'être. Mais ici, nous n'en voyons pas. Souffrir au nom de qui et de quoi? Au profit de qui et de quoi? Tout simplement pour le plaisir des bonnes âmes qui vous feront de temps en temps la désagréable charité de vous plaindre!

Qu'on n'aille pas ici nous parler des intérêts sacrés de la société, de la famille et de la religion. La société, la famille et la religion se portent très-bien dans de grands pays où l'on n'a pas jugé qu'il fallait jeter hors de la vie normale et commune les gens qui ont eu le malheur de rencontrer un associé coupable ou simplement insociable.

Qu'on n'aille pas nous dire non plus :
— Eh! pourquoi vous êtes-vous marié comme cela?

On sait très-bien qu'on se marie « comme cela ».

Nous ne sommes pas de l'avis du plaisant qui prétendait que, si l'on se connaissait bien mutuellement, on ne se marierait jamais. Mais nous soutenons qu'il est à peu près impossible de se connaître avant d'avoir vécu ensemble. C'est alors seulement que l'homme montre l'usage qu'il sait faire de son autorité et que la femme révèle ses goûts et ses aptitudes véritables. On aura beau, pendant deux ans, cinq ans si l'on veut, se broder des dossiers de chaise et s'envoyer des bouquets, cela ne vaudra pas, comme renseignements, deux jours de vie à deux.

Ou bien alors, il faudrait toujours, comme dans les anciennes comédies du théâtre de Madame, s'épouser entre enfants de familles qui se connaissent depuis trente ans.

On n'a pas comme on veut des amis de trente ans sous la main, et ce système amènerait forcément des mariages entre cousins seulement.

Il n'y a d'ailleurs pas à tonner ici contre la manière dont se font les mariages.

5.

L'autorité paternelle est beaucoup moins féroce qu'elle ne l'était autrefois et, en général, les jeunes filles sont assez libres de choisir ; seulement, elles peuvent se tromper.

L'action d'avoir commis une erreur en se mariant ne pouvant pas être considérée comme un crime, il est vraiment excessif de lui appliquer comme peine la perpétuité ; et encore y a-t-il beaucoup de faits, condamnés par la Cour d'assises, qui n'entraînent pas la perte de la liberté pour plus de cinq ans.

Les adversaires du divorce, parmi lesquels nous ne serions pas étonné de ren-

contrer un certain nombre d'amateurs de
femmes mariées que cette loi gênerait, —
lesdites femmes pouvant alors leur tomber sur les bras, — ont essayé des facé-
ties fort lourdes sur cette disposition lé-
gislative que nous réclamons, non pas
comme une réforme, mais comme un
retour à l'esprit premier du Code civil.
Rien de plus facile que de faire rire quelques Sganarelles et leurs vertueuses
épouses en supposant le divorce rendu
obligatoire pour tous les citoyens.

Il n'est pas à craindre que le divorce
devienne jamais un abus. Quand il sera
rétabli en France, et il faudra bien qu'il

le soit dans un temps donné, ne fût-ce
que pour ne pas rester ici en arrière des
sociétés modernes, il fonctionnera comme
toutes les lois qui visent des excep-
tions. On s'en servira comme on se sert,
par exemple, des sommations respectueu-
ses et de beaucoup d'autres armes légales
qui ont leur utilité dans un nombre de
cas restreints. Que, la première année, il
y ait une liquidation de l'arriéré, c'est
possible : il en est de même lors de l'ap-
plication de toutes les lois nouvelles.

Ce qui est certain, c'est que le divorce
resserrera les liens du mariage et lui
donnera des garanties dont il a été long-

temps privé. Il rendra à peu près impossible l'infidélité et les mauvais traite-
ments, le conjoint lésé ayant un moyen
pratique de se tirer d'affaire et dont il
usera, tandis qu'on a fort peu recours à
la séparation, qui ne sert pas à grand'
chose.

Henry ne voyait pas volontiers le mal et il ne faisait guère attention à la présence presque continuelle du comte de V*** chez Mme de Barsault.

D'ailleurs, dans une maison où passait un va-et-vient perpétuel de visiteurs, une figure de plus se remarquait peu. Le comte était un homme qui, à ses cinquante ans, joignait une tenue parfaite et dont la galanterie officielle ne dépassait jamais les bornes de l'amabilité permise. Mme de Barsault était souvent vue dans sa loge à l'Opéra, mais toujours avec son mari ; ces messieurs étaient en rapports d'affaires très-suivis et la fortune bien connue du comte l'autorisait peut-être à certaines attentions qui auraient eu plus de poids de la part de tout autre.

Pour Henry ainsi que pour tout le monde, Barsault était un homme comme le jeune Toto prétendait qu'il y en a « des masses » à Paris.

Nous ne savons pas s'il y en a précisé-ment « des masses », mais ce type n'est pas très-rare, en effet. Il était doué d'in-telligence et d'activité, mais son esprit

6

n'avait aucune espèce de règle. De bonté
et de sentiment, point ; sa vie de jeune
homme avait été orageuse et semée d'in-
cidents regrettables. On parlait de femmes mortes à l'hôpital et autres épisodes
qui jettent une ombre fâcheuse sur la vie
d'un homme.

Évidemment ces abandons, qui avaient
été connus depuis son mariage seulement,
ne provenaient pas de méchancetés com-
mises à froid. Il n'avait pas le sens moral
du cœur, voilà tout.

Quand il se maria, il ne fut ni meilleur
ni plus mauvais pour sa femme qu'il ne
l'avait été pour ses maîtresses, et il est
probable qu'il ne la traita pas avec beau-

coup plus de respect. Peut-être eut-il un caprice pour elle, mais cela n'alla pas jusqu'à lui faire perdre un instant ses habitudes du dehors, le goût de la première venue et le désordre en toutes choses.

Au moment de son mariage, il était associé dans une maison d'agent de change.

Cette situation, sinon brillante, au moins très-sortable, avait décidé la mère de Marguerite, qui était assez pressée de la marier pour réaliser son rêve d'aller habiter près de sa fille aînée et préférée, établie en province.

6.

Marguerite avait une jolie dot; Barsault eut la tête tournée, et se croyant millionnaire dans un espace de temps très-rapproché, monta une maison de coulisse qui réussit peu.

Puis, il essaya des entreprises industrielles et des émissions de valeurs, le tout sans y apporter la suite qui est nécessaire dans les affaires. Enfin, il en était arrivé à ce moment, toujours d'un mauvais augure, où l'on dit qu'on va se refaire par « un grand coup ».

Le monde qu'il fréquentait changeait souvent et représentait assez bien un kaléïdoscope. Le fait est qu'on ne voyait pas Barsault longtemps. On ne lui reprochait pas d'avoir fait des dupes; mais il avait causé à beaucoup de gens des pertes sérieuses par les enthousiasmes factices avec lesquels il se jetait souvent dans une affaire.

Au demeurant, Barsault appartenait à cette catégorie de gens auxquels il est très-difficile de toucher par un soupçon, parce qu'ils ont autour d'eux tout un monde fort bruyant qui est toujours prêt à protester hautement et solennellement de leur pureté.

Il existe dans la vie parisienne tout un clan de gens qui s'intitulent avec complaisance les « messieurs propres », et dont les trois quarts n'ont de propre que le veston et la bottine ; ils sont intraitables : ils se fâcheront tout rouge contre qui aura plaisanté la forme de leur col, parce qu'ils ont peur qu'on regarde de trop près la manière dont ils payent la note de leur chemisier.

Barsault, insulté en face, aurait sans doute trouvé pour garants de son honneur tous ces jolis messieurs propres qui partent allègrement du café Riche pour servir de témoins dans les duels cuirassés qui font la joie des reporters.

Henry menait une vie intermédiaire entre celle de l'amant et de l'amoureux. Il était, en effet, moins que le premier et plus que le dernier.

Il voyait Marguerite souvent deux fois par jour ; il la rencontrait ou se rendait chez elle dans la journée, et allait l'apercevoir le soir au théâtre, où on la menait sans cesse.

Les choses en étaient là lorsque l'été arriva.

Le comte partit pour les eaux de N..., situées sur la frontière de Suisse.

Quinze jours après, environ, M. de Barsault alla l'y rejoindre, appelé par une affaire importante, une association qu'il avait à conclure avec lui, et emmena sa femme, pour lui faire prendre le grand air.

Au bout de huit jours de cette séparation fortuite, Henry s'ennuyait beaucoup, et ne savait que devenir. Du reste, il en avait été ainsi dès le premier jour.

Un soir, après avoir jeté un cigare à demi consumé, il entra aux Variétés assister avec plus ou moins d'attention à une opérette quelconque.

Pendant l'entr'acte il entendit derrière lui deux jeunes gens à grand col, attardés par hasard à Paris dans cette saison brûlante, échanger ce dialogue :

7

— Barsault a enfin emmené sa femme aux eaux de N... ?

— Il devait bien cela au comte. C'est toujours aux eaux de N... que cet excellent gentilhomme va faire ses fredaines.

— Et il doit attendre celle-ci depuis longtemps, car on l'a fait assez poser.

— Et Barsault doit être impatient aussi ! il est gêné !

Henry eut une poussée de sang au cerveau. Il sortit de la salle comme un fou.

Lorsqu'il eut repris ses sens, il se prit à réfléchir nettement, ce qu'il n'avait pas fait depuis longtemps, bercé qu'il était dans rêve commencé avec Marguerite. Il sentit que les deux petits jeunes gens devaient avoir raison, en ce qui concernait les intentions de Barsault.

Aussitôt, sa résolution fut prise. Il se

dit qu'une station d'eaux était à tout le monde et qu'il avait bien le droit d'y aller. Le lendemain, dans l'après-midi, il débarquait à N...

On est tout désorienté quand on arrive pour affaires sérieuses dans ce qu'on appelle une station balnéaire. La vie, ayant changé de cadre, paraît aussi avoir perdu de sa réalité habituelle. Parler dans ces sortes d'endroits des choses qui vous préoccupent habituellement semble au premier abord aussi peu vraisemblable

7.

que de demander le cours de la bourse à
un monsieur déguisé en Polichinelle.

Le paysage qui n'est ni la campagne
ni la ville, à cause des nombreux acces-
soires qu'on a forcément introduits au
milieu de la nature, hôtel dominant une
vallée, salon de Casino se baignant dans
les eaux d'un torrent, a un aspect étrange
qui fait penser sans cesse à des livres de
poésies qui porteraient sur leurs marges
des cartes de restaurants.

Cette impression, qu'Henry avait déjà
ressentie en d'autres occasions, — mais
gaies, celles-là, quand il était en partie
de plaisir, — s'imposa à lui très-vive-

ment, et il éprouva au cœur le contre-
coup secret que donnent tous les sentiments vrais dont la perception est im-
médiate et inconsciente. Évidemment,
Marguerite, ainsi dépaysée, était plus
loin de lui, et peut-être plus près d'un
autre !

Après avoir un peu erré çà et là, il entra dans le salon du principal hôtel, où il tomba tout juste sur la princesse russe qu'il avait rencontrée plusieurs mois auparavant chez Mme de Barsault.

— Comment va notre amie? lui demanda-t-il après les politesses obligées.

— Mon Dieu, je la vois ici, mon cher monsieur, car les allures de son mari m'ont forcée de cesser d'aller chez elle à Paris. Les eaux sont un terrain neutre, mais je suis bien ennuyée pour elle. Le comte, vous savez, donne une fête, tenez, tout à l'heure; il y aura des tableaux vivants, et M. de Barsault y fait figurer sa femme. C'est absurde. Elle est d'ailleurs tout indisposée. Elle n'a pas su refuser, mais elle a gardé la chambre toute la journée.

Henry était très-pâle.

— Où demeure le comte? demanda-t-il.

— Là, dit la princesse en désignant un escalier à droite descendant sur le salon, ce sont ses appartements. Vous n'avez pas l'intention de lui rendre visite, je suppose ?

Dans le vestibule désigné, un officier causait à haute voix avec le maître de l'hôtel.

— Le costume de cette dame de Paris doit être charmant?

— Il est arrivé ce matin au chemin de fer. Il tenait dans un carton grand comme un étui à mouchoir.

— Peste!

— Un vrai costume de Vénus!

— Et quel est le Pâris?

— Chut!

La princesse, qui avait compris le motif de l'arrivée d'Henry, lui serrait fiévreusement la main comme pour lui dire : Ne bougez pas!

Peu à peu les invités du comte arrivaient, et le salon était presque plein, lorsque M. de Barsault menant sa femme, ou plutôt la traînant à son bras, parut, se dirigeant vers les appartements du comte, et murmurant :

— Le directeur va vous gronder... Allez vite vous habiller dans votre loge !

Henry, repoussant d'un geste nerveux la main de la princesse, fit trois pas, et frémissant de rage, blanc comme une statue, barra le passage à M. de Barsault.

— Qu'avez-vous ? fit celui-ci étonné.

Henry le regarda au fond des yeux, indiqua les appartements du comte, et dit d'une voix distincte :

— Cette femme n'entrera pas là !

— Et pourquoi, s'il vous plaît ? continua Barsault essayant de sourire.

Henry rugit et le souffleta sur les deux joues :

— Parce que je l'aime !

Le tumulte qui suivit cette scène fut épouvantable. La fête du comte n'eut pas lieu, mais comme le monde est toujours le monde et qu'il ne peut pas rester éternellement sous la même impression, si imprévue qu'elle soit, deux heures après on dansait et on cartonnait dans le salon de l'hôtel.

8.

Le comte, qui, tout en étant homme de plaisir, était homme de cœur, avait accepté, comme maître de maison, le rôle de témoin de M. de Barsault, insulté en quelque sorte chez lui. Mais cette mission lui était pénible, et ses sympathies étaient bien plutôt du côté d'Henry, qui avait agi en véritable amoureux décidé à pousser jusqu'au bout les conséquences de sa passion.

— Est-il heureux d'aimer ainsi ! se disait-il.

Il s'adjoignit comme second un Parisien de passage et de connaissance, le jeune Toto, qui d'ailleurs partageait complètement sa manière de voir.

Vers quatre heures du matin, au petit jour, le comte entrait dans le salon de conversation, dont l'aspect était presque lugubre, sous cette lumière blafarde qui éclaire les ruines des fêtes mondaines. Toto, à qui il avait donné rendez–vous, arrivait en même temps que lui. Un dialogue s'échangea rapidement entre eux :

— Eh bien, dit le comte, avez-vous trouvé un armurier?

— Oui, mais je n'aurai les pistolets que tout à l'heure.

Le comte réfléchit un instant et reprit :

— Vous savez qu'il y aura certainement mort d'homme. Cette situation est grave pour vous, mais elle est atroce pour moi, qui ne devrais pas être léger à mon âge, et qui me suis laissé entraîner par une sorte de fascination dans une chose dont je ne soupçonnais pas les conséquences. J'ai compromis une femme qui ne méritait pas de l'être, et c'est moi qui suis la véritable cause de la folle équipée de ce pauvre garçon. Nous voilà obligés de servir de témoins contre M. Henry Drancey que nous estimons, pour M. de Barsault...

— Que nous n'estimons guère au fond, fit Toto. Tant pis. D'ailleurs, Henry a pris tout de suite pour témoins les premiers venus ; l'affaire est en train, il n'y a pas à revenir là-dessus. On prétend que Barsault n'est pas très-brave, mais qu'il est au pistolet d'une force phénoménale. Voilà l'ennuyeux ! Maintenant, il faut que je vous dise une chose. Tout le monde croit que les adversaires partent pour la Suisse. Ce n'est pas vrai. Ils sont très-pressés, et vont se battre ici, dans le jardin. La fête n'a pas été d'ailleurs troublée autrement ; on a dansé fort tard, et il y a eu beaucoup de monde. On a taillé un fort *bac :* tenez, les cartes sont encore sur la table. Ah! Barsault est beau joueur! Il doit être en gain d'au moins vingt mille francs!

— Voyons, pas trop de détails et de cancans, dit le comte qui était très-énervé. On aurait dû enlever les cartes qui sont sur cette table... Ce n'est pas digne, puisque c'est ici que nous allons nous mettre en rapport avec ces messieurs.

Pendant ce temps, cet étourdi de Toto jouait machinalement avec les cartes en question.

— Tiens, s'écria-t-il tout à coup, on ne nous avait donné que trois paquets... en voici quatre ! Ils ont fait des petits !... Aussi j'ai vu ici des physionomies !...

Le comte allait encore adresser à Toto un reproche sur son peu de gravité dans les choses sérieuses, lorsque la princesse, en superbe toilette du matin, vint les interrompre à leur grande surprise.

— Oh ! dit-elle tranquillement en entrant, cette affaire n'aura pas lieu !

Et, sur un signe d'étonnement des deux hommes :

— Je ne le veux pas. Henry et Marguerite vont se rencontrer ici tout à l'heure. Toutes les précautions sont prises. Un domestique va veiller à la porte.

— Comment avez-vous fait ?

— Eh bien, j'ai passé ces dernières heures à parler avec elle. Vous savez, son mari l'a reconduite à son appartement après l'événement ; là, il lui a reproché, avec mauvaise humeur, — oh, pas beaucoup plus ! — de ne pas être restée à la fête, et lui a dit qu'elle contrariait ses projets. Après cela, il est revenu avec vous autres. Alors je suis venue auprès d'elle... Elle n'a pas osé me l'avouer, mais je suis sûre qu'elle aime Henry de toutes les forces de son âme. Je lui ai fait sentir que ce duel était impossible et qu'il fallait venir ici me retrouver, moi avec vous et M. Toto, que l'affaire serait arrangée. J'ai ajouté que

9

M. Henry était déjà parti pour le lieu du combat, bien loin.

— Eh bien ? fit Toto.

— Eh bien, elle viendra. Alors, j'ai fait prévenir Henry que vous, monsieur le comte, vouliez lui parler dans ce salon, sur ce terrain neutre. Il a été étonné, mais il a promis de venir. C'est bien simple, n'est-ce pas ?

— Mais nous ne comprenons pas, dirent ensemble les deux hommes.

— Voyons, reprit la princesse comme ayant affaire à deux intelligences très en défaut, ils se rencontreront sans le vouloir. Dans ce moment suprême, ils se diront tout ce qu'ils n'ont pas pu ou voulu se dire jusqu'à ce jour... et ils partiront ensemble. La frontière n'est pas loin. Dans deux heures ils seront libres !

Le comte écoutait la princesse d'un air songeur. Puis il prit la parole d'un ton grave et triste.

— Vous croyez que Mme de Barsault suivra M. Drancey jusqu'au bout du monde? Eh bien, je ne le crois pas. Elle ne l'osera pas. Elle aura contre elle le monde, car le monde ne peut pas tout savoir.

— Le monde! Oh, je vous attendais bien là, s'écria la princesse exaspérée. La famille, peut-être? Eh bien, la famille, pourquoi mettrait-elle son honneur et son amour-propre à ce qu'une malheureuse femme souffre le martyre toute sa

vie?... Oui, je ne l'ignore pas, les familles disent à leur enfant, sans croire
proférer une monstruosité : « Sois heureuse!... si ce n'est pour toi, que ce soit
au moins pour nous! » Elles ont grand
soin que les titres de rente de la dot soient
bien employés et remployés! Mais quant
à la femme, qu'elle soit maltraitée, tortu-
rée, vendue, qu'est-ce que cela fait? il ne
s'agit que de la personne!... Oui, c'est
abominable, ce que je dis là, mais bien
souvent les familles préféreraient, en
cas de malheur, des consolations discrètes
à un éclat honnête et franc! Tenez,
vous, monsieur le comte, qui, tout galant
homme que vous êtes, avez joué un rôle

funeste en ceci, les amis des convenances quand même, ceux qui ne veulent pas admettre qu'on puisse jamais
être sauvé d'une erreur commise par
soi-même ou par les autres, auraient
peut-être toléré pour Mme de Barsault,
vous, qui tâchiez de la séduire en homme
du monde, et jetteront l'anathème à lui,
qui agit en homme de cœur !

— Mais, madame..., essaya d'interrompre le comte.

— Oh ! j'ai le droit de parler, reprit
la princesse avec véhémence. Je ne suis
pas une libre-penseuse, moi ! Je suis
d'un pays très-aristocratique, mais où

l'on n'admet pas que la vie d'une femme ou d'un homme soit finie parce qu'ils auront trouvé au début un mauvais compagnon de voyage. Est-ce un crime, après tout, que de s'être marié? Mais les criminels eux-mêmes, quand ils ont fait dix ans de bagne, peuvent recommencer l'existence! Chez nous, en Russie, quand un mariage n'a pas fondé un vrai ménage, mais qu'au contraire il a créé à deux êtres, au lieu de l'union divine, une souffrance, un enfer de tous les instants, on le rompt; le mariage est dissous. On est veuf l'un pour l'autre! Vous laissez bien les veufs se remarier!

Le comte se promenait à grands pas, secouant la tête et témoignant qu'il ne voyait rien de pratique dans tout ce que disait la princesse. Quant à Toto, toujours distrait, il examinait encore machinalement les paquets de cartes qui étaient restés sur la table. Tout à coup le jeune homme regarda la pendule et se leva en disant :

— C'est bientôt l'heure, je retourne là-bas, vous savez?

Comme il sortait, Mme de Barsault parut, pâle et accablée. Le comte se retira aussitôt.

— Courage, ma chère, lui dit la princesse en l'embrassant, puis elle serra la main d'Henry qui arrivait de son côté.

L'entrevue qu'avait ménagée la princesse à ces deux êtres fut terrible.

Henry jura qu'il aimait Marguerite pour toujours, et il disait vrai : il la supplia de partir avec lui, il proposa même de faire le sacrifice de son honneur à lui, homme, et de s'enfuir avant

que la rencontre eût lieu. Mais, malgré
son amour, Mme de Barsault n'était pas
assez forte pour une pareille secousse.
Elle pensait à la douleur de sa mère,
elle avait peur de son mari. Elle pleu-
rait, elle sanglotait et se débattait sans
savoir prendre de résolution, affolée par
des événements auxquels son éducation
ne lui avait jamais permis de songer.
Se tuer elle-même, c'était la seule déli-
vrance à laquelle elle avait jamais eu
l'audace de rêver au milieu de ses absor-
bantes résignations.

Pendant cette scène déchirante, ils entendirent le bruit des pas de plusieurs personnes dans le jardin où la rencontre devait avoir lieu en réalité.

Le domestique aposté en sentinelle par la princesse fit vivement signe à Mme de Barsault de se reculer.

10

— Ah! on m'a menti, cria-t-elle, ce sont eux! On va te tuer!

— Adieu, Marguerite! fit Henry.

— Non, pleura-t-elle en se jetant à son cou, reste, je t'ai...

A ce moment il se fit un silence étrange, et les deux amants restèrent muets dans les bras l'un de l'autre, saisis par une épouvante dont ils ne comprenaient pas la cause.

Ils entendirent au dehors, distinctement, comme on entend dans ces moments-là, une voix qui disait :

— Êtes-vous prêts? Une, deux, trois.
Feu !

Deux coups de feu partirent presque
en même temps.

La porte s'ouvrit, et Toto entra, appuyé sur l'épaule du comte.

— Vous êtes blessé, par qui? demanda Mme de Barsault en s'élançant vers lui.

— Par M. de Barsault, répondit Toto assez calme et se tâtant l'épaule droite.

Il a tiré le premier... mais j'ai tiré le second... et...

Le domestique fit un geste énergique exprimant que M. de Barsault était mort.

— Et comment cela a-t-il eu lieu? interrogea en même temps la princesse qui était accourue.

— Ma foi, dit le comte en jetant à terre un paquet de cartes, cet enfant de Toto a découvert qu'on avait triché ici cette nuit, et il a absolument tenu à savoir qui était le coquin. Il l'a trouvé et il l'a tué.

— Ma chère enfant, dit la princesse en s'approchant de Mme de Barsault, voilà qui rend le divorce inutile pour vous. Mais toutes les femmes malheureuses n'ont pas la chance d'avoir un mari qui triche au jeu.

COMMENT

ON SE SÉPARE

COMMENT

ON SE SÉPARE

Il arrive quelquefois que la situation intérieure et même extérieure d'un ménage devient telle, que la vie commune est une impossibilité et un danger.

Les braves gens, qui répètent à tout propos : l'homme ne peut pas séparer ce que Dieu a uni, ne peuvent rien à cela.

Du reste, nous trouvons qu'on fait beaucoup trop facilement intervenir le bon Dieu dans cette affaire.

Nous nous représentons très-imparfaitement la majesté divine, travestie sous les traits d'un tabellion ou d'un estimable maire d'arrondissement ceint de l'écharpe tricolore.

Le mariage est une institution d'essence absolument humaine. Il devient divin et sacré au bout d'un certain temps, après une vie honorable parcourue côte à côte dans la pratique de tous les devoirs qu'impose cet état. Alors seulement il a droit à la consécration, et s'environne d'une sorte de sainteté.

Mais nous ne consentirons jamais à voir rien d'auguste dans une union où un monsieur commandite des demoiselles en ville, où une dame pense toute la journée à la robe qu'elle mettra pour montrer ses épaules aux populations.

Le mariage, tant qu'il n'a pas acquis par la suite des années la dignité qui commande le respect, est avant tout une association, et malheureusement, il peut arriver qu'on ait pris pour associé un voleur ou un fou.

Pour empêcher les gens d'être tout à fait dépouillés ou assassinés, il a fallu inventer quelque chose.

L'esprit de notre Code civil implique le divorce. Il y a été inscrit, et y figure même, nominalement, tout au long, comme pour bien indiquer que la mesure restrictive prise par la Restauration n'est que passagère.

Par parenthèse, on enseigne dans les pensionnats que le divorce fut institué

par Napoléon, pour se débarrasser de Joséphine et épouser Marie-Louise.

C'est complétement inexact. La loi du
divorce, qui existait, non–seulement
avant l'Empire, mais avant le Consu-
lat, fut incorporée dans le Code avant le
sacre de Joséphine, sept ans avant sa
séparation d'avec Napoléon.

Il est probable qu'on aurait bien voulu,
pendant qu'on était en train de com-
battre le libéralisme, enlever aux époux
jusqu'à la faculté de pouvoir vivre loin
l'un de l'autre.

Mais on a reculé devant cette mesure
extrême. Sans doute le ministre de la

justice d'alors fit-il observer que sous un
régime pareil, le nombre des assassinats
et des suicides augmenterait tout d'un
coup dans une proportion effrayante ; que
la Cour d'assises aurait besoin de tenir
des sessions doubles ; et bien à contre-
cœur, évidemment, on se décida à orga-
niser ce qu'on appelle la séparation de
corps et de biens.

**

Être séparé de corps et de biens, c'est,
à ce qu'il nous semble, être séparé autant
qu'il est humainement possible de l'être.
Cependant la loi assure que la séparation

« relâche les liens du mariage, sans les rompre. »

Ce texte est assez malaisé à comprendre, et nécessite une explication.

En effet, le lien du mariage est relâché, en ce sens que les époux ne vivent plus sous le même toit, et peuvent même appeler la force publique à leur aide contre celui des deux qui tenterait un rapprochement. Ils ne peuvent se demander aucune espèce d'aide ni de protection, et leur situation pécuniaire est définitivement réglée par un jugement, en dehors duquel on ne se doit rien l'un à l'autre.

Voilà pour le relâchement.

Mais ce qui prouve que le lien n'est pas rompu, c'est que les mêmes époux, si étrangers qu'ils soient devenus l'un à l'autre, peuvent se poursuivre pour fait d'infidélité ; la femme continue à porter le nom de son mari et à le compromettre de mille façons ; de son côté elle a l'obligation de demander la signature de son ancien seigneur et maître pour beaucoup d'actes de la vie civile. Il est vrai que ceci est une formalité, parce que, si le mari refuse ladite signature, elle peut, par voie judiciaire, le contraindre à la donner.

Nous ne savons trop si le législateur qui a édicté toutes ces belles choses, couvait le secret espoir d'amener, par ces points de contact, les séparés à une réconciliation dans l'avenir. Nous craignons qu'en ce cas il ne se soit trompé, car ces occasions de souvenir mutuel sont loin d'être agréables, et nous ne pensons pas qu'aucun raccommodement s'en soit jamais suivi.

La séparation n'est donc pas d'une très-grande utilité, à moins pourtant que l'enfer conjugal ne soit arrivé à un degré de paroxysme suraigu, et qu'il s'agisse, pour ainsi dire, de sauver sa peau. La grossièreté d'un homme ou les attaques de nerfs d'une femme suffisent à rendre ce palliatif indispensable.

Aussi, en première ligne des motifs de séparation, admet-on les injures et sévices graves.

C'est sur ce terrain-là que la séparation est le plus facilement accordée ; aussi l'esprit des avocats s'est-il spécialement ingénié à l'élargir.

Il ne faut pas s'imaginer que l'injure proprement dite ou les voies de fait soient seuls considérés comme sévices graves.

Tout peut devenir sévice grave à un moment donné.

Voici un cas, par exemple, qui se rencontre dans bien des ménages sans qu'on se doute qu'il y a là un argument tout prêt pour un procès éventuel :

Beaucoup de maris, tout en étant fort bons catholiques, et en allant à la messe le dimanche, ne voient pas avec plaisir leurs femmes fréquenter le confessionnal, et cherchent à les dissuader de cette pratique du culte.

Or, détourner une femme de l'exercice de sa religion, constitue un sévice grave.

Autre sévice grave. Celui-ci est assez comique.

Dans un procès qui eut lieu il y a quelques années, l'avocat de la femme, qui était demanderesse, révéla ce fait monstrueux :

Il y avait dans la maison une cuisinière qui faisait fort mal la cuisine, et qui à toutes les observations qu'on lui faisait, répondait par cette défense qu'elle imaginait sans réplique :

— Vous direz ce que vous voudrez : je suis une honnête fille, moi !

Le mari, impatienté de cette bizarre

interprétation de la cuisinière bour-
geoise, lui dit un soir :

— Eh mon Dieu, j'aimerais mieux que
vous ayiez un sapeur et que vous fassiez
mieux le rôti !

Ce cri de l'estomac fut soigneusement
noté, et présenté comme sévice grave et
mépris de la dignité du foyer.

Si vous ne voulez pas vous exposer à
passer un jour pour un « sévisseur »,
prenez les plus méticuleuses précautions.

Ne cédez jamais à une femme qui aura
le caprice d'aller courir dans l'herbe après

une averse, ou qui voudra vous entraîner
à un voyage en pays de montagnes.

Vous pourriez, sans y avoir songé, en-
courir le soupçon de tentative d'assas-
sinat.

***

Les femmes abusent un peu du sévice.

Mais il faut avouer que, en ce qui con-
cerne l'infidélité, elles sont fort mal pro-
tégées.

Le mari ne peut être condamné pour
infidélité que si le coup de canif a été
donné dans le domicile conjugal, c'est-à-

dire chez lui, ou dans un appartement loué à son nom.

Or, il est peu de mauvais sujets mariés assez simples pour mettre à leur nom leurs petites tours de Nesle.

Restent ceux qui ont le goût des camé-ristes.

C'est vraiment trop restreindre le champ de l'infidélité légale : car enfin il y a beaucoup d'hommes qui peuvent rendre leur femme très-malheureuse, sans aller jusqu'à leur donner la domestique pour rivale.

Il est vrai qu'un savant jurisconsulte disait en riant :

Oh ! cette disposition de la loi a une visée fort grande, à la campagne !

* ** *

Les procédés mêmes par lesquels a lieu la séparation, la manière dont cela se joue, pour employer un terme de Palais, est fort extraordinaire, et de nature à faire marcher de surprise en surprise les gens qui n'ont pas étudié de près ces petits mystères.

Celui qui désire la séparation se rend chez un avoué.

Là, il dégoise tout ce qu'il a sur le cœur et ce *lamento* est pieusement recueilli par des petits clercs, qui s'amusent à le rédiger de la façon la plus pittoresque et la plus à effet.

Rien n'est bouffon comme ces factums où se trouvent entremêlés dans un salmigondis insensé les formules sacramentelles de la loi, le nom du Président de la République française, et le récit des faits les plus ahurissants : secrets d'alcôve, puérilités de la vie usuelle, griefs navrants ou burlesques, énumérations des mauvaises paroles subies par le plaignant, sans en retrancher un seul b... ni un

f... On voit des pages entières constel-
lées de p..., s... g..., m... On dirait que
le papier timbré a été noirci dans un corps
de garde, en l'absence du caporal, par
des soldats avinés.

Bien entendu, l'avoué n'exerce aucun
contrôle sur les horreurs qu'il est chargé
de transmettre au tribunal ; il ne donne
aucun conseil tendant à faire réfléchir
un client sur la gravité de ce qu'il vient
avancer. Ce n'est pas son affaire : il fonc-
tionne comme une simple machine, et
d'ailleurs il a trop d'intérêt à faire aller
le commerce.

*
* *

La personne qui reçoit ce grimoire doit évidemment penser une chose, c'est que la personne qui le lui envoie est animée envers elle des plus mauvais sentiments, et qu'il ne faut plus songer à vivre avec elle.

Ce n'est pourtant pas tout à fait exact, à ce qu'il paraît. Nous tenons d'un avoué même que beaucoup de petits papiers de ce genre sont envoyés d'époux à époux, par simple mesure de menace, et que les frais en restent là.

Cela donne une excellente idée du caractère des époux en question.

Mais tout le monde n'est pas pétri de la même pâte, et généralement on dit :

— Eh bien soit! si l'autre en a assez, moi j'en ai déjà trop!

Le cours le plus simple, celui que la raison et les convenances indiquent, serait alors de laisser le procès marcher tout à son aise et de faire le mort. Le plaignant obtient la séparation, vous payez les frais, qui ne sont pas fort chers, environ trois cents francs, ce qui est même bon marché pour se voir débarrassé d'un être insupportable, et la comédie ou le drame auraient un dénouement semi-heureux.

Mais voilà précisément ce qui ne peut pas se faire !

La loi ne vous permet pas de ne pas vous défendre, et ce que vous feriez comme un acte de dignité serait regardé comme une faiblesse presque coupable.

En premier lieu, si vous ne vous défendez pas, vous êtes naturellement condamné, et la condamnation peut entraîner contre vous une foule de désagréments pécuniaires ; les chicaneurs savent très-bien vous réclamer sous le nom de « reprises » des sommes que vous n'avez jamais eues ni même vues.

Le désintéressement en matière d'argent ne peut pourtant pas aller jusqu'à se laisser dépouiller des choses sur lesquelles personne n'a de droit en réalité.

En second lieu, et c'est là la raison la plus sérieuse qu'on ait pour ne pas laisser le procès suivre son cours tout seul, si la personne qui a demandé la séparation arrive à l'obtenir, on dit que cette séparation est prononcée « à son profit », mention qui implique pour elle une sorte d'avantage moral, qu'il vous faudra regagner à grand'peine, et qu'elle ne perdra qu'à force d'inconduite ultérieure.

*
* *

Il y a bien des gens qui, pour écarter un scandale au moins inutile, déclarent ou font déclarer au tribunal à peu près ceci :

Je n'admets en rien les faits qu'on articule contre moi : mais je ne tiens pas à vivre avec une personne qui émet contre moi de semblables calomnies, et je déclare ne pas m'opposer le moins du monde à ce que notre séparation soit prononcée : cela me fera même le plus grand plaisir.

Eh bien ! ceci est beaucoup trop simple pour qu'il soit permis de le faire utilement.

On soupçonne que vous avez des torts très-graves, et que vous redoutez la lumière des débats contradictoires.

Il faut bel et bien, ou que vous vous opposiez à la séparation, et qu'alors vous conserviez l'époux qui nourrit à votre égard de si tendres sentiments, ou bien que vous introduisiez ce qu'on nomme une demande reconventionnelle.

Dans la demande reconventionnelle vous prenez cette position-ci :

— Ah ! on veut se séparer de moi ; je ne veux pas : c'est moi qui me séparerai !

On appelle cela avoir les honneurs de
la guerre.

Nous n'avons jamais pu saisir très-
exactement l'importance morale qui
existait à sortir par une porte le premier
ou le second, quand on est tous les deux
parfaitement décidé à sortir ; mais il paraît qu'on y tient beaucoup, et qu'on
veut que vous y teniez.

Pour obtenir ce beau résultat, il faut
que vous répondiez aux sottises qu'on
vous dit, en ramassant toute la boue que
vous pouvez vous procurer pour la jeter
à la face de votre adversaire. Vous vous
faites une arme de tout, et ce qu'on sort

sali tous les deux de ces sortes de joûtes est d'un honteux qui ne le cède qu'au ridicule.

Le défilé des témoins est homérique.

Les malheureux sont généralement fort embarrassés, parce qu'ils ont été sollicités et tâtés en tous les sens par chacune des deux parties : beaucoup ne savent pas encore trop de quel côté leurs intérêts mondains ou autres leur commandent de faire pencher la balance.

Du reste, les dépositions varient peu.

Le mari a pour lui ses amis du dehors, qui viennent déclarer sur l'honneur que c'est un charmant garçon, qu'il ne triche pas aux cartes, qu'il a le cœur sur la main, etc., etc.

Les femmes, — quelle que puisse être leur opinion intime, — viennent témoigner des vertus de l'épouse.

Les relations des deux familles viennent brocher sur le tout. C'est là que se manifestent les ressentiments des gens qu'on n'a pas assez souvent invités à dîner, ou qu'on a cessé de recevoir.

Tout cela, en somme, réjouit fort peu

le tribunal, qui sent bien que sa besogne sera forcément incomplète.

Aussi a-t-il avant tout essayé de la voie dite de conciliation.

En effet, au début des hostilités, quand les premiers coups de fusil sont déjà tirés, reçoit-on un papier timbré, aussi amiable que peut l'être un papier de cette sorte, qui vous invite à venir vous réconcilier devant un juge.

Cette institution est certainement fort utile pour les gens grossiers, à peine civilisés, qui ne savent pas trop ce qu'ils se veulent l'un à l'autre, et qu'un compère chicanier quelconque aura poussés dans l'antre de Thémis à propos d'une cruche qu'on se sera jetée à la tête.

Là, le magistrat peut faire beaucoup avec quelques bonnes paroles.

Mais les gens qui savent ce qu'ils veulent, ne se rendent devant la conciliation que par déférence pour cette première formalité de la séparation judiciaire. Ils profitent ordinairement de cette séance pour obtenir l'autorisation d'habiter provisoirement des domiciles distincts.

Cette faveur est de toute nécessité pour la femme, qui est exposée à toutes les brutalités du mécontentement : mais bien souvent l'homme en aurait bon besoin aussi, pour ne pas devenir fou au milieu des bruits de cris et de vaisselle cassée.

La conciliation, qui est une espèce d'antiphrase, puisqu'elle est la plupart du temps la dernière occasion où l'on se revoit en ce monde, se passe dans le cabinet même du juge.

Il y a une petite antichambre des Pas-Perdus qui est spéciale à cet endroit et qui est des plus curieuses à étudier. Jamais le triste et le grotesque n'ont été plus près l'un de l'autre. Ce qui s'échange là de regards de haine, de regret quelquefois; ce qu'on voit de retours sur le passé et d'interrogations de l'avenir est un poëme qu'il faudrait plusieurs Balzac pour écrire et plusieurs Gavarni pour illustrer.

La situation y est gênante, car on est forcé d'attendre, très-près l'un de l'au⁺⁻ ʻ, et souvent sur le même banc, son tour d'audience. Chacun prend l'air le plus indifférent qu'il peut se procurer.

Les femmes sont presque toutes accompagnées de leurs mères, qui leur chuchotent à l'oreille les exhortations suprêmes du combat, comme les entraî-

13.

neurs de chevaux confèrent avec les jockeys avant la course.

Car la femme et le mari entrent seuls dans le cabinet du juge. — Les mères restent à la porte, anxieuses et impatientes, aussi inquiètes que les chiens dont le maître est en omnibus.

Le garçon de bureau les regarde en souriant, de son œil connaisseur.

C'est pendant ce temps que l'honorable magistrat, placé devant les époux comme Marcel dans les *Huguenots,* si ce n'est qu'il s'agit non pas d'une union, mais d'une désunion, demande :

— Êtes-vous sûr, ou sûre, qu'aucune
influence étrangère ne vous a dicté la
démarche que vous entreprenez en ce
moment?

* * *

C'est dans ces alentours qui ressem-
blent à un cercle infernal sorti du cerveau d'un Dante bourgeois qu'on peut
étudier toutes les variétés de belles-mères
existant dans l'univers. En disant l'univers, nous n'exagérons pas, car nous
avons vu là une princesse du Thibet
accompagner sa fille qui cherchait à se
débarrasser d'un commis-voyageur qu'elle
avait imprudemment épousé.

Pour bien les décrire il faudrait em-

prunter le vocabulaire superlatif qu'af-
fectionnait Théophile Gautier : goules,
vampires, stryges, larves, lamies, em-
pouses, toutes se sont donné rendez-
vous. Aucune n'y manque, depuis la
belle-mère méridionale, malpropre et
loquace, jusqu'à la belle-mère bien née,
hautaine et pimbèche, qui est tout éton-
née de ce que la foule ne vient pas faire
une démonstration sympathique en faveur de son enfant.

Il serait injuste de ne pas compter
aussi la collection des maris, qui sont
généralement très-embarrassés de leur
personne.

Il y a là le tapageur, qui roule des yeux furibonds, et qui ne fera de mal à personne;

Le honteux, qui se déguise en avocat pour ne pas être remarqué.

L'homme d'affaires, bourré de paperasses et serrant les lèvres.

Le triste, qui prend des poses de victime et sollicite la commisération publique;

Le gai, qui prend tout cela « à la Louis XV », et lorgne les autres femmes qui attendent;

Enfin l'homme du monde, qui arrive

discrètement et vite, juste à l'heure,
pour être vu le moins possible.

Il y a des endroits réservés où l'on
fait asseoir les personnes bien recom-
mandées; c'est plus calme et on est en
meilleure société. Quand l'heure se fait
longue, ce qui arrive souvent au Palais,
on se lie, on se raconte ses petites
affaires, on se donne des conseils, tout
comme dans le cabinet d'un médecin en
vogue.

* * *

Eh bien, allez-vous nous dire, vous
venez de nous montrer bien des misères
qui ne donnent guère envie de la sépa-

ration, même si on en avait besoin. Mais ne seraient-elles pas exactement les mêmes pour le divorce, dont vous semblez être partisan?

Oui, évidemment, si le divorce exigeait les mêmes formalités. Mais, en supposant qu'il en soit ainsi, on souffrirait au moins pour quelque chose d'utile et de sérieux. On achèterait sa liberté un peu cher, mais on l'aurait.

Et puis il faut compter que les législations s'améliorent progressivement. Un jour viendra où le tribunal, qui est composé d'hommes mûrs et connaissant la vie, reconnaîtra bien que par ce fait même que la dissolution du mariage est demandée, il y a des raisons très-sérieuses pour cela : trop de considérations mondaines, religieuses et intéressées commandent, à moins d'impossibilité, la continuation de l'existence conjugale.

La meilleure manière de savoir si une séparation est sérieuse serait celle-ci :

On dirait à ceux qui la réclament :

— Repassez dans un an : pendant ce temps vivez ensemble ou séparément, comme vous le jugerez plus convenable ou plus prudent. Si, au bout d'un an, vous réitérez votre demande, elle vous sera accordée.

Il y a des pays où l'on a imaginé comme motif de divorce « l'incompatibilité d'humeur ».

Quelle sagesse et quelle discrétion dans cette expression qui en dit tant !

Caton, le censeur, qui était un des Romains les moins folâtres de la vieille école, divorça d'avec sa femme sans en donner d'autre prétexte valable, sinon qu'elle le gênait.

Il y a aussi un vieux dicton de campagne où l'on dit que seul on sait où la chaussure vous blesse.

Tout cela prouve qu'en ces matières,

il faut laisser les honnêtes gens agir
selon leur conscience, et nous aimons à
croire que la loi ne s'intéresse qu'aux
honnêtes gens.

UN ENFER ROSE

UN ENFER ROSE

~~~~~~

Il y a deux ans, on pouvait remarquer, dans la partie du livret du Salon consacrée à la section de sculpture, cette mention :

Renaud (Félix), *né à Paris. Élève de M. Jouffroy, 274, avenue de Clichy.*
Andromède, statue, plâtre.

14.

Cette statue était bien en effet une Andromède, œuvre de M. Félix Renaud, né à Paris, qui ne savait pas quelle influence elle exercerait sur sa destinée d'homme et d'artiste.

Depuis quelques années la sculpture a pris un nouvel essor en France, et le public s'y intéresse plus qu'autrefois : cela tient à la disposition du Palais de l'Industrie, qui permet de loger la statuaire dans un petit jardin bien arrosé où l'on peut se promener, respirer, fumer et même déjeûner. Enfin, dans ce local charmant on trouve facilement à s'asseoir, et il est commode de se réunir avec des amis pour causer, chose qu'on ne fait guère dans les galeries de la Peinture, où l'on est décidément par trop bousculé.

Voilà pourquoi Mme Lagrille, le jour de l'ouverture du Salon, se trouvait assise avec sa fille Emma non loin de l'*Andromède*. En général, les mères redoutent pour leurs filles la statuaire qui a des audaces effarouchantes, et elles ne les mènent pas dans les galeries du musée des Antiques ; mais à l'Exposition des Champs-Elysées la convention n'est plus la même : tout le monde y va, et on y va avec tout le monde.

Plusieurs personnes appartenant à la

société de Mme Lagrille s'arrêtèrent au passage pour échanger des politesses et des réflexions sur cette *première* artistique.

Il se trouva que le nom de l'*Andromède* et de Félix Renaud fut plusieurs fois répété. La statue était très-bien : cette figure de femme était d'une chasteté charmante dans sa nudité ; elle ne pouvait manquer d'obtenir une médaille : enfin chacun exprimait le regret que l'artiste ne l'eût pas exposée en marbre, — ignorant sans doute que l'artiste avait eu d'excellentes raisons pour se contenter du plâtre, qui est moins beau, mais plus économique. Mme Lagrille apprit en outre, parce qu'il y a des gens qui savent tout, que Félix Renaud venait de Rome, où il avait été envoyé comme premier grand prix, et qu'il était un de ces jeunes gens à qui la croix et l'Institut sont promis d'une façon certaine dans un temps déterminé.

Mme Lagrille aimait beaucoup les beaux-arts, mais elle aimait surtout sa fille, dont le soin et l'avenir dépendaient à peu' près d'elle seule, attendu que M. Lagrille, son mari, homme absorbé dans la direction d'une vieille et honorable maison de banque, considérait l'intérieur de la famille comme un lieu où l'on se délasse et où l'on ne doit pas éprouver l'ombre d'un ennui. Avec ce caractère, il est évident que l'excellent banquier avait toujours laissé sa femme faire absolument ce qu'elle voulait.

Emma avait dix-neuf ans : c'était une grande et belle jeune fille dont l'esprit était cultivé et même orné. Elle avait hérité des dispositions tranquilles de son père, et vivait sous la domination affectueuse mais absolue de sa mère, sans se douter qu'il pût jamais exister au monde une autre volonté à satisfaire que celle-là. Son éducation offrait d'ailleurs des contrastes qui paraissaient singuliers au

premier abord, et qu'ensuite on recon-
naissait être le résultat de combinaisons
extrêmement calculées.

Par exemple, elle s'entendait fort bien
à gouverner les domestiques et à ordon-
ner la maison ; mais elle ignorait le prix
de toutes choses et la manière dont on
se les procure. Mise subitement à la tête
d'un ménage à elle, elle eût certainement
été envahie par les effarements que res-
sent un oiseau privé envolé de sa cage
au milieu des moineaux francs.

Un détail : sa mère ne lui avait jamais
enseigné à se coiffer, et se chargeait de

ce soin avec une sollicitude toute parti-
culière.

Mme Lagrille jugeait qu'il est toujours
bon de se rendre indispensable.

Félix Renaud eut une médaille pour son *Andromède*. On parla de lui dans les journaux, et Mme Lagrille sut qu'il était bien de sa personne, que ses manières étaient distinguées, et que pendant son séjour à la Villa Médicis, ses camarades avaient eu l'habitude de l'appeler la *jeune fille*.

— Tiens, se dit-elle, ce n'est donc pas un mauvais sujet comme les autres?

Sur ces entrefaites la famille Lagrille rencontra Félix Renaud à un dîner en ville. Il répondait au signalement que donnaient de lui les feuilles publiques. On se le fit présenter, et on l'invita.

Il ne se doutait pas qu'il se rendait à cette invitation en qualité de prétendant, et ce, à l'insu de tout le monde, excepté de celle qui préméditait de devenir sa belle-mère.

Le calcul de Mme Lagrille était bien simple, et se fait beaucoup plus souvent qu'on ne croit. Elle avait pris ses renseignements sur le sculpteur, et voici ce qu'elle avait recueilli :

Félix Renaud était orphelin ; il avait perdu jusqu'à une vieille parente qui l'avait élevé. De bonne heure forcément attelé au travail, pour vivre, il s'était interdit les joyeuses folies de la plupart des élèves de l'École. Il fuyait avec horreur la misère noire et la bohême, ce qui l'avait toujours obligé à vivre avec beaucoup de prudence : de là son extérieur réservé, et ce sobriquet de *jeune fille* qu'il ne méritait pas autrement.

Il possédait du talent naturel et le goût du travail.

15.

Récapitulons :

De l'avenir, de la conduite, et pas de famille. C'était un gendre modèle, à part la question de fortune, qui n'inquiétait pas Mme Lagrille, riche de quatre-vingt mille livres de rente, et qui au fond ne se souciait pas pour sa fille d'un mari à qui la fortune aurait donné trop d'autorité.

Félix Renaud était un époux charmant à donner à Emma, — comme un cadeau de fête, — et un enfant de plus à recueillir dans la maison.

Le bon Félix n'avait aucune idée des
machinations qui étaient en train de
couver dans le cerveau de Mme Lagrille.

Pour lui, la vie commençait.

Après de longues et pénibles années
d'efforts, il sentait la résistance des
choses céder devant lui : le soleil perçait

les nuages, enfin, il était jeune à son tour !

Son séjour à Rome n'avait pas été un repos pour lui. Il savait par l'expérience des autres combien il y en a de ces pauvres lauréats qui reviennent oubliés et incapables d'attirer sur eux l'attention de ce même public qui les a tant fêtés à leur départ. Il avait passé son temps d'Italie à travailler sans relâche, et il en avait été récompensé, comme on vient de le voir.

En ce moment son cœur s'exhalait en actions de grâces au bon Dieu, il aspirait à pleins poumons l'air du printemps, ne cherchant partout que de belles créatures pour modeler joyeusement leurs chairs frissonnantes et se plonger avec délices dans une orgie de matière idéalisée.

Donc, Mme Lagrille trouva un prétexte honnête pour attirer Félix pendant un mois dans une maison de campagne qu'elle possédait à une quinzaine de lieues de Paris ; il s'agissait de faire le buste d'Emma. Cela seul aurait dû prévenir le sculpteur, car on fait fort peu poser les jeunes personnes pour leur buste; mais en artiste qu'il était, il accor-

dait peu d'attention à ces petites con-
ventions sociales, et d'ailleurs, Emma
était assez jolie pour justifier cet hom-
mage un peu éclatant rendu à sa beauté.

Pendant le travail du statuaire, inter-
rompu par bien des promenades, des
visites aux environs et des amusements
de toute sorte, Mme Lagrille eut tout le
loisir d'étudier Félix, qui ne lui rendait
pas la pareille, d'abord par insouciance
naturelle, ensuite parce qu'il n'en voyait
aucun motif.

L'examen du jeune homme répondit
d'une manière pleinement satisfaisante
aux désirs de l'aspirante belle-mère, et

au bout de deux semaines, elle entrait dans la voie de la réalisation des faits.

Félix était charmant de sa personne, et ne manquait pas d'esprit ; Emma était belle et intelligente : il n'y avait qu'à laisser commencer de lui-même et à ne pas contrarier le petit roman qui eût sans doute pris naissance tout seul si on ne s'en était pas soucié ; et en effet, Mme Lagrille eut bientôt la satisfaction de voir l'artiste et le modèle ressentir une certaine gêne l'un vis-à-vis de l'autre.

Aussitôt elle interrogea Emma, qui pleura. Elle pleura aussi, en l'assurant qu'elle ne serait jamais un obstacle à son bonheur, et lui permît tacitement d'aimer M. Félix Renaud si celui-ci semblait, toutefois, disposé à rechercher sa main.

Une jeune fille qui a du goût pour quelqu'un et qui a carte blanche pour s'en faire aimer n'est jamais assez maladroite pour ne pas savoir bientôt à quoi s'en tenir, et lorsque le buste fut terminé, M. Lagrille déclara à Félix qu'il ne le payerait pas en *espèces*. L'affaire avait été menée de façon à ce que l'excellent homme pût se dire :

— Pour tout le reste, je laisse faire ma femme, mais c'est moi qui ai marié ma fille.

Entre les accordailles, pour nous servir du mot campagnard, et la signature du contrat, Mme Lagrille jugea utile de laisser écouler un laps de temps qui, au lieu de donner à Félix le répit nécessaire à la réflexion, le lui enlevait complétement.

Aussitôt qu'on eut prononcé le fameux :

Embrassons-nous, mon gendre, il fut forcé de vivre pour ainsi dire dans la maison et de ne pas quitter sa fiancée un instant, genre d'existence que la vie à la campagne rendait très-facile. Le but de ce contact était de le rendre amoureux jusqu'à ne plus penser en ce monde qu'au bonheur de posséder Emma.

De règlement de questions d'intérêt, de projets pour l'arrangement du jeune ménage, on n'avait pas voulu en entendre parler.

Seulement, quand on fut revenu à Paris pour s'occuper des préparatifs de la cérémonie, Mme Lagrille prit son gendre à part pour lui dire :

— Il est bien entendu que vous demeurerez avec nous : il est impossible de séparer Emma de son père ; il en mourrait.

M. Lagrille lui avait déjà dit la veille quelque chose d'analogue : Emma ne pouvait pas être séparée de sa mère, qui en mourrait.

La conduite de Mme Lagrille dans cette circonstance matrimoniale peut s'expliquer en analysant le cœur humain des belles-mères.

Souvent à la promenade, au restaurant, au théâtre, on aperçoit un monsieur et une dame d'un certain âge, accompagnés d'une grande personne jeune, qui est en train de se faner. Ce sont le père, la mère et la fille.

Les bonnes gens disent : Que ce spectacle est touchant! Que c'est beau, cette jeune fille qui sacrifie ses belles années au soin de ses vieux parents! Quelle charmante union !

Nous, nous trouvons cette vue tout simplement révoltante. Nous voyons l'oppression et l'anéantissement de la jeunesse par deux égoïsmes forcenés qui se prennent pour deux affections.

Il faut bien le dire, il n'y a guère que deux sortes de parents pour les jeunes filles.

La première est celle des gens qui se débarrassent de leur enfant à la première occasion qu'ils trouvent, en lui disant, comme certain père dans une comédie célèbre : « Sois heureuse ! Si ce n'est pas pour toi, que ce soit au moins pour nous ! » qui la poussent dans les bras du premier venu, et si celui-là est un malhonnête homme, disent tout doucement à la malheureuse épouse : « Fais ton devoir, sois bien gentille avec lui, les meilleurs ménages sont ainsi ! »

La seconde est celle des gens qui après avoir accepté un gendre, font tout ce qu'ils peuvent pour détruire le ménage et avoir la satisfaction de dire à leur fille : Laise ce misérable, reviens auprès de ton père et de ta mère.

Les parents de cette sorte appartiennent à la catégorie de ceux qui empêchent leur fille de se marier autant qu'ils le peuvent. Au fond, leur idéal serait une législation où la femme aurait un mari qui viendrait la voir de temps en temps chez ses parents, qui se chargeraient volontiers d'élever leurs petits-enfants, à condition de les montrer très-rarement à leur père.

Ce sont ceux-là qu'on voit se promener partout avec de grandes filles montées en graine.

Car, ceci est une chose qu'on ignore
généralement, le nombre des filles délais-
sées des épouseurs pour cause de manque
de fortune est beaucoup moins grand
qu'on ne le suppose ordinairement et que
les observateurs superficiels ne le pleu-
rent sur tous les toits. Les hommes sont
plus aisément amoureux et trouvent plus
volontiers dans l'amour la confiance de
l'avenir, que les gens pourvus de filles à
marier ne veulent bien le proclamer.

Il faut bien savoir que toutes les jeunes personnes qui ont l'honneur de coiffer sainte Catherine ont été demandées en mariage au moins plusieurs fois par des hommes qui auraient pu les rendre heureuses.

Ce qui a tout empêché, c'est qu'on a

toujours demandé au futur mari plus qu'on ne peut demander sagement.

Quand on songe à se marier, c'est qu'on est encore jeune, et que par conséquent on a encore du chemin à faire pour être arrivé. L'avenir n'est pas absolument assuré. C'est alors qu'on demande au futur gendre : Notre fille aura-t-elle dès à présent de quoi donner à dîner deux fois la semaine, et la corbeille sera-t-elle garnie de manière à faire crever de rage toutes ses amies? Notez bien que si les parents qui se montrent si exigeants faisaient l'aveu de leurs propres ressources et de leur propre manière de vivre en temps

ordinaire, ils se trouveraient bien au
dessous de ce compte-là.

D'autres fois ce n'est pas une question
de fortune qui est venue à la traverse. Il
y aura eu dissidence de religion, quelquefois même d'opinion politique. On aura
lu avec complaisance une lettre anonyme,
ou bien le futur n'aura pas plu à un vieil
oncle qui serait bien embarrassé de dire
pourquoi.

En attendant, la jeune fille, au lieu de
devenir jeune femme, se transforme en
vieille fille, et si elle faisait entendre la
moindre protestation, on la traiterait de
tête romanesque et d'enfant dénaturée.

Mais aussi, comme on la choye dans cet intérieur, le seul qu'elle connaîtra, puisqu'elle n'aura jamais de maison à elle! On renouvelle pieusement les embrasses bleues de ses rideaux blancs dans cette chambre qui était un si charmant sanctuaire il y a quelques années, qui est devenu presque ridicule, et qui sera odieux lorsqu'elle y reposera ses cheveux blancs. Son père ne s'adressera qu'à elle pour poser des cataplasmes sur ses rhumatismes, et sa mère la laissera sortir seule pour aller jusque chez la mercière du coin.

Mme Lagrille était une femme trop pratique, malgré son égoïsme maternel, pour condamner sa fille au célibat; il eût même été insupportable pour son amour-propre mondain de se trouver un jour la mère d'une vieille fille. Elle avait tout simplement tourné la difficulté, et réalisé pour son enfant le mariage à domicile.

17.

Et voilà pourquoi, au Salon suivant ne figurait pas d'autre œuvre de Félix Renaud, élève de Jouffroy, prix de Rome et médaillé, que *Andromède*, statue, marbre.

L'influence de la lune de miel pouvait bien avoir sa part dans la paresse artistique dont Félix faisait preuve cette fois; et s'il n'y avait eu que cela, nous n'y trouverions rien à redire : il y a un temps qu'il faut toujours prendre, c'est le temps d'être heureux.

Mais il y avait autre chose.

Le mariage avait eu lieu au commen-
cement de l'automne, et depuis cette époque le sculpteur ne savait pas trop comment il vivait, tellement il était emporté
par un engrenage inconnu, puissant et
implacable comme ceux qui broient dans
les ateliers les ouvriers imprudents.

Pour se rendre compte de ce méca-
nisme, il faut connaître de plus près
Mme Lagrille.

Mme Lagrille est une femme qui a de
fort peu passé la quarantaine : elle a toujours eu et mérité la réputation d'une
parfaite honnète femme, et le monde l'a-
dore. Mais par malheur elle le lui rend

trop et aime infiniment à occuper, en compagnie de sa fille, l'admiration de ses contemporains. Il faut qu'elle tienne de la place, ou elle n'est pas contente.

Elle est encore bien et a été fort belle, précisément de la beauté qui était à la mode du temps de sa jeunesse. Elle représentait alors la belle Italienne dont on voyait des études chez tous les marchands de tableaux et d'estampes : aussi, à plus d'un bal costumé, avait-elle dû paraître en paysanne de Frascati ou de Castel-Gandolfo.

Pour compléter son type, elle avait une voix de mezzo-soprano dont elle faisait sonner les notes basses; elle chantait toutes les *canzonnette* et tous les *stornelli* qu'elle pouvait se procurer. C'est chez elle qu'a dû être produit pour la première fois cette chanson de *Santa-Lucia!* dont les petits pifferares ont odieusement abusé depuis.

En outre elle dessine « d'après nature » et lit les poëtes, pour en parler.

Tout cela se fait sur un ton exquis. Car cette matrone qui se porte extrêmement bien et mange comme un volontaire d'un an qui rentre dans sa famille, a adopté comme esprit le genre diaphane. Elle a des façons de lever son regard vers le plafond comme si elle y disait bonjour à une foule d'archanges aux ailes bleues et roses, ses amis intimes. Peu de jours après le mariage, elle avait dit à Félix :

— Votre talent grandira en s'épurant.

Cette phrase était grosse de menaces.

Le premier jour où Félix, marié, descendit à son atelier, il n'était pas de fort bonne heure.

Il faut dire aussi qu'il s'était couché à trois heures du matin, après avoir mené sa jeune femme au bal chez des gens qu'il ne connaissait pas, mais auxquels sa belle-mère tenait beaucoup.

18

Par parenthèse Mme Lagrille connaissait une foule de gens, et tenait beaucoup à tous.

Oh! l'atelier qu'on lui avait organisé dans l'hôtel Lagrille était bien joli!

Il y avait là des bahuts et des tapisseries, achetés fort cher rue Lafayette : la table à modèle était en chêne sculpté, et les selles en ébène. Çà et là de beaux fauteuils en damas rouge sur lesquels étaient jetées des guipures anciennes. Trop de fauteuils, même, car il ne devrait pas y avoir de siéges pour les visiteurs, dans l'atelier d'un artiste : on serait moins dérangé ainsi.

Félix contemplait cet ensemble, et allait découvrir sa terre glaise, qui eût été parfumée, si on eût osé, lorsque Emma vint le chercher pour déjeûner.

— Comme il fait beau! s'écria-t-elle. Aussitôt le dernier morceau mangé, je mets mon chapeau. Nous n'avons que quatre visites à faire, et nous pourrons nous promener au Bois bien longtemps!

Pendant la promenade au Bois, Félix parla un peu du travail, auquel il fallait se remettre, et il ajouta en riant :

— Tu ne seras pas jalouse des modèles, au moins?

— Oh non! répondit Emma. Il en viendra un demain chez toi, c'est maman qui l'a commandé.

18.

Félix ne put s'empêcher en lui-même de trouver assez étrange le soin pris par sa belle-mère. Puis il pensa que, dans une des nombreuses maisons où ils étaient allés dernièrement, elle avait pu causer avec un artiste qui lui aurait indiqué un modèle exceptionnel. Mais il se promit de la prier de ne plus se donner ce souci.

Le lendemain il descendit à son atelier, pas encore de fort bonne heure, car on était allé la veille à une première représentation qui avait fini fort tard, et il trouva, l'attendant, une grande fille qu'il ne connaissait pas, et qu'il prit d'abord

pour une postulante à la dignité de femme
de chambre auprès de madame.

La grande fille le salua, et lui tendit
un papier qui était une sorte de certificat
délivré par les sœurs de nous ne savons
plus quelle communauté.

Il ouvrit de grands yeux qui expri-
maient l'impossibilité où il se trouvait
de comprendre.

— Monsieur, dit la grande fille, en
rougissant légèrement, c'est moi qui
viens pour poser.

Félix était fort surpris de voir les sœurs
dans cette affaire, néanmoins il continua:

— Votre nom, mademoiselle?

— Emélie Crochon.

— Connais pas, pensa le sculpteur.

Puis :

— Où avez-vous déjà posé?

— Jamais, Monsieur.

Ceci devenait ennuyeux et gênant.

— Mais alors, reprit Félix, vous ne savez pas poser du tout?

— Oh, je saurai bien, Monsieur. On m'a dit qu'il n'y avait qu'à rester tranquille, sans bouger.

— C'est une malheureuse qui a faim,
pensa-t-il. On ne peut pourtant pas la
renvoyer.

Et il regardait avec défiance la grande
taille mince et sèche d'*Emélie* Crochon,
qui, à en juger par l'âpreté des mains et
du col, devait offrir peu de ressources à
l'ébauchoir.

— Allons, Mademoiselle, lui dit-il
enfin sans enthousiasme, en lui désignant le paravent, déshabillez-vous !

Mlle Crochon faillit tomber à la ren-
verse : ses traits se bouleversèrent.

A ce moment apparut Emma portant sur les bras un paquet mystérieux, soigneusement enveloppé.

Félix la mit en peu de mots au courant de la situation.

La jeune femme se mit à rire aux éclats.

— C'est ma faute, dit-elle, j'aurais dû venir plus tôt, mais je ne savais pas qu'elle était déjà là.

Et elle défit rapidement le paquet mystérieux.

Il contenait :

1° Une longue robe, étroite, en toile peinte ;

2° Une couronne en cuivre, très-haute et ornée de pierres fausses ;

3° Une paire de tresses en cheveux, mesurant un kilomètre environ.

Félix marchait de stupéfaction en stupéfaction.

— Maman ne t'a donc pas prévenu? fit Emma.

— Pas le moins du monde.

— C'est la sainte Clotilde que tu dois faire pour la chapelle du château de Mme de Chanleu.

— Mme de Chanleu?

— Oui, nous avons de grandes obligations envers elle; c'est elle qui donne pendant le carême de si beaux concerts spirituels... Ah, c'est vrai, tu n'y as pas encore été... Mais tu verras, Mme de Chanleu a eu elle-même la bonté de chercher un modèle. C'est une personne trèsméritante, et qui est tout à fait dans le sentiment qu'il te faut, n'est-ce pas?

L'intervention des sœurs s'expliquait enfin.

Mais le pauvre Félix, qui n'avait jamais sculpté de sainte Clotilde ou d'Ingeburge quelconque, était bien embarrassé, et trouvait que sa belle-mère en prenait un peu à son aise avec sa Mme de Chanleu.

Pendant que la sainte Clotilde était
en train, car il fallut bon gré mal gré
s'exécuter, un certain nombre de personnes, appartenant pour la plupart à des
congrégations pieuses, vinrent voir comment elle commençait à prendre tour-
nure.

Elles étaient toutes fort étonnées de voir que Félix travaillait avec de la terre glaise, qui était ensuite destinée à être moulée en plâtre, puis mise au point pour le marbre.

Ces gens croyaient que les sculpteurs taillaient les figures à même dans le bloc, à grands coups de ciseau et de maillet : ils avaient lu quelque part que Michel-Ange s'y prenait ainsi, qu'il enlevait dans le Carrare de gigantesques copeaux, et que d'un seul tour de main il établissait le profil de tout un torse.

La terre glaise de Félix leur causa du désappointement, et ils s'en allaient, disant tout bas qu'il sculptait en amateur, au moyen de procédés artificiels.

Bien entendu, ils donnaient tous leur avis, trouvaient que les plis de la robe n'étaient jamais assez saintement chastes, et demandaient que l'œil de la bonne reine fût plus ardemment tourné vers le ciel. Les amis de Mme de Chanleu insinuaient une foule de petits conseils adroits tendant sournoisement à ce que le visage offrît quelque chose de la ressemblance de la dame à la chapelle.

Mme Lagrille disait en secret à chaque personne qu'elle reconduisait :

9.

— C'est son premier essai dans ce genre là : que voulez-vous, il a été élevé dans l'art profane ! Mais il fera mieux plus tard. Son talent grandira en s'épurant !

Au moment où cette corvée allait être terminée, Mme Lagrille amena dans l'atelier, avec mystère et cérémonie, une de ses amies intimes, qu'elle n'avait pas vue depuis un an, et qui s'appelait Mme Gerbaud.

Mme Gerbaud était une femme de l'âge de Mme Lagrille, et qui offrait des traits

assez réguliers dans leur épaisseur. A
seize ans, elle avait dû être le rêve de
quelqu'un qui aurait voulu représenter
l'Abondance pour l'escalier d'une Bourse
de province. Elle lorgna tout autour
d'elle, souffla beaucoup, et s'assit en fai-
sant tomber un burnous qui découvrit
une montagne d'épaules décolletées. Il
paraît qu'elle dînait en ville ce jour-là.

Séance tenante, Mme Lagrille s'extasia
sur ces épaules, et fit si bien qu'elle força
Félix à obtenir de Mme Gerbaud, au bout
de mille simagrées, qu'elle consentît à
poser pour son buste.

Après la sainte de cathédrale qu'il ve-

nait d'exécuter, c'était à la vérité changer de régime : il passait du hareng saur
au rosbif. Mais ses goûts artistiques n'en
étaient guère plus satisfaits.

Mme Lagrille expliqua que ce buste
était une véritable bonne fortune, ou
plutôt une proie qu'elle avait atteinte
après l'avoir patiemment guettée. Mme
Gerbaud était proche parente d'un ministre, et Félix ne pouvait manquer
d'être décoré l'année même.

Mais, dira-t-on, Félix Renaud n'avait donc personne au monde pour lui donner un conseil?

Il voyait fort peu ses amis, qu'il n'osait pas trop imposer dans l'intérieur de la maison Lagrille, où ils se seraient, du reste, cordialement ennuyés. Les artistes qui produisent ne sont pas mondains.

Ceux qui ne produisent pas, il ne faut pas les fréquenter.

Quant à la famille, nous avons déjà dit qu'il n'en avait plus.

Il en aurait eu que cela ne lui eût pas servi à grand'chose, cerné comme il l'était dans son ménage. Peu à peu, on l'eût détaché des siens : il faut une force de caractère peu commune pour rester maître de ses actions, quand on a une belle-mère comme Mme Lagrille.

Les moralistes déclament sans cesse

sur la nécessité de la sainteté du mariage, de l'union des époux, et sur le devoir de fonder une nouvelle famille.

Or, ces mesures, approuvées par ces mêmes moralistes, rendent tout cela à peu près impossible.

En général, si le mot n'était pas trop fort, on pourrait dire que les parents prêtent leur fille en mariage plutôt qu'ils ne la donnent. On admet parfaitement, si on ne l'exige pas tout à fait, que l'homme qui se marie relâche de beaucoup les liens qui l'attachent à sa propre famille : mais il doit subir celle de sa femme, depuis les infiniment grands

jusqu'aux infiniment petits ; il en est
envahi, il y est absorbé. Tout ce monde
qui le surveille sans cesse avec une mal-
veillance à peine dissimulée, il doit lui
sourire et le fêter.

Le défilé des amis de Mme Gerbaud fut .
plus ennuyeux encore, s'il est possible,
que celui des amis de Mme de Chanleu.
C'était un autre genre.

Mme Lagrille ne souffrait pas qu'on fer-
mât l'atelier. Elle y avait transporté un
orgue expressif, sur lequel elle prétendait improviser des mélodies dont son

gendre devait se sentir inspiré ; elle avait tout un public de vieux messieurs décorés, de petits surnuméraires à des ministères divers, de jeunes personnes venues avec leur maman, et qui aimaient mieux être là qu'à leur cours.

Les observations artistiques allaient leur train. La bouche de Mme Gerbaud n'était jamais assez petite, et les dentelles du corsage jamais assez étudiées. Puis de temps en temps, comme en chœur, on s'extasiait sur le profil grec de Mme Gerbaud.

Cela dura un bon mois.

D'ailleurs, le ministère changea, et

dans la précipitation avec laquelle il laissa
son cabinet à son successeur, le ministre
négligea de signer la nomination de Félix au grade de chevalier de la Légion
d'honneur.

Il n'y a qu'une personne au monde qui pourrait empêcher ces malheurs successifs de fondre sur Félix : c'est sa jeune femme.

Mais si intelligente qu'elle soit, elle ne se doute pas du mal et du tort que ces petites misères font à son mari.

En outre, elle a beau l'aimer et lui être dévouée, son amour et son dévouement, au milieu de la vie en *smalah*, ne sont pas ce qu'ils seraient dans la vie à deux, où l'on est bien face à face l'un de l'autre.

Sa mère absorbe une partie de ses soins : son mari se plaindrait de quelque chose, que bien vite on démontrerait qu'il n'a pas le sens commun et qu'il est plein d'ingratitude. Elle serait aussitôt très-malheureuse.

Félix n'a, en somme, qu'une demi-femme : il y a une moitié qui est restée la petite fille disant toujours maman, de ce ton attendri qui rappelle un peu le bê-lement de l'agneau.

Félix Renaud est bien pris et bien en-

glué dans la toile d'araignée de Mme Lagrille ; ses bras sont ficelés de façon à ne
plus lui permettre d'en faire usage : bientôt il devra abandonner l'espérance de
rester indépendant et fier par ses œuvres,
dans cette maison où il y a trop de ri-
chesse pour lui. Déjà il a borné son exposition à la répétition en marbre de son
Andromède, à laquelle on a fait un peu
plus lever les yeux au ciel.

Au Salon prochain, il n'aura probable-
ment, outre le buste de Mme Lagrille ou
d'une de ses amies, que la même Andromède, répétée en bronze, cette fois, avec le
regard un peu plus extatique.

Son talent continue à grandir en s'épurant, comme le dit sa belle-mère.

Il grandit tellement que bientôt on ne pourra plus le voir.

Pour que Félix Renaud redevienne capable de faire quelque chose, il faut qu'il soit malheureux en ménage, ou bien qu'il se dérange.

Voilà un homme qui aura bien de la difficulté à être heureux.

FIN

Paris. — Typ. Motteroz, rue du Dragon, 31.

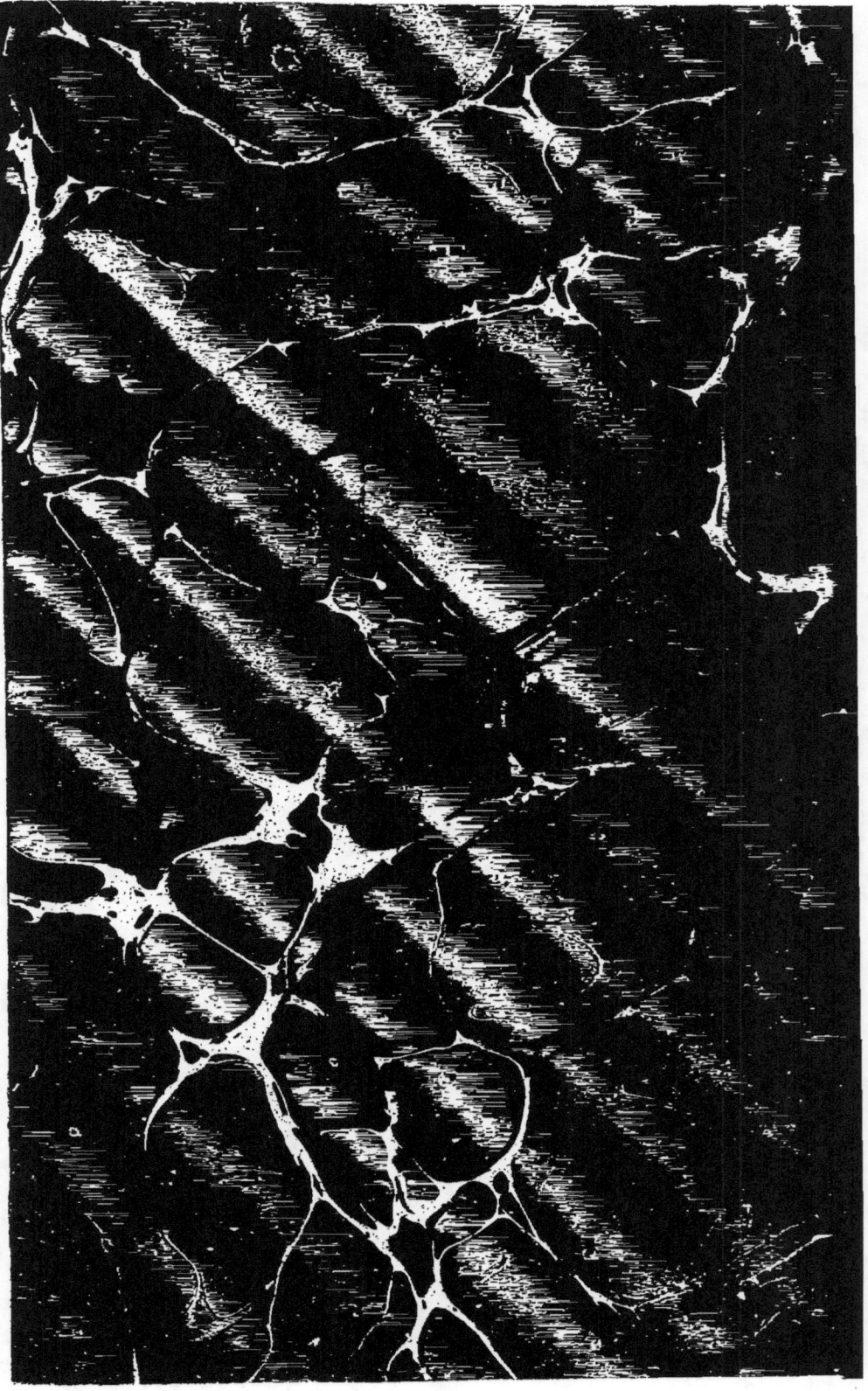

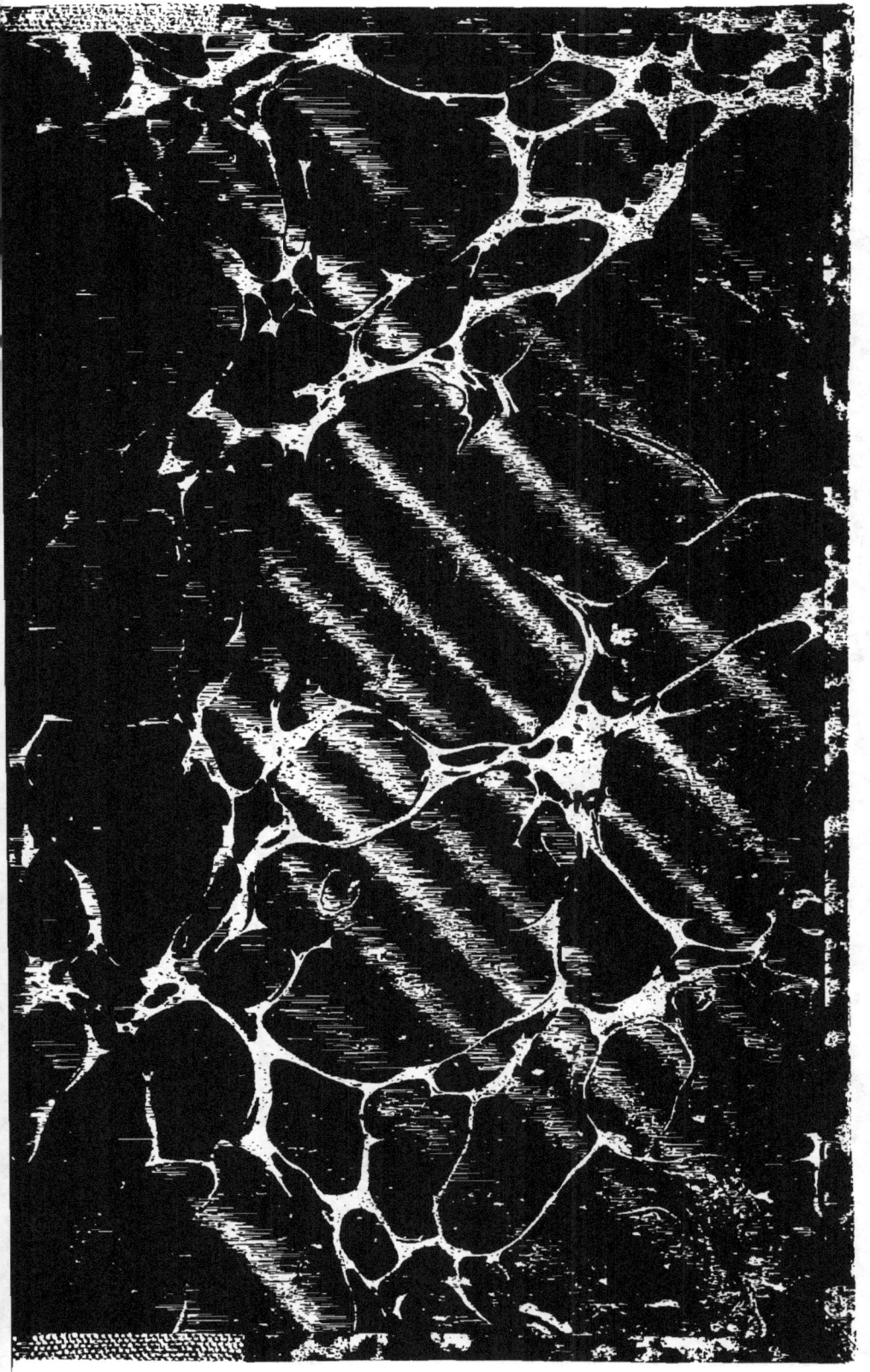

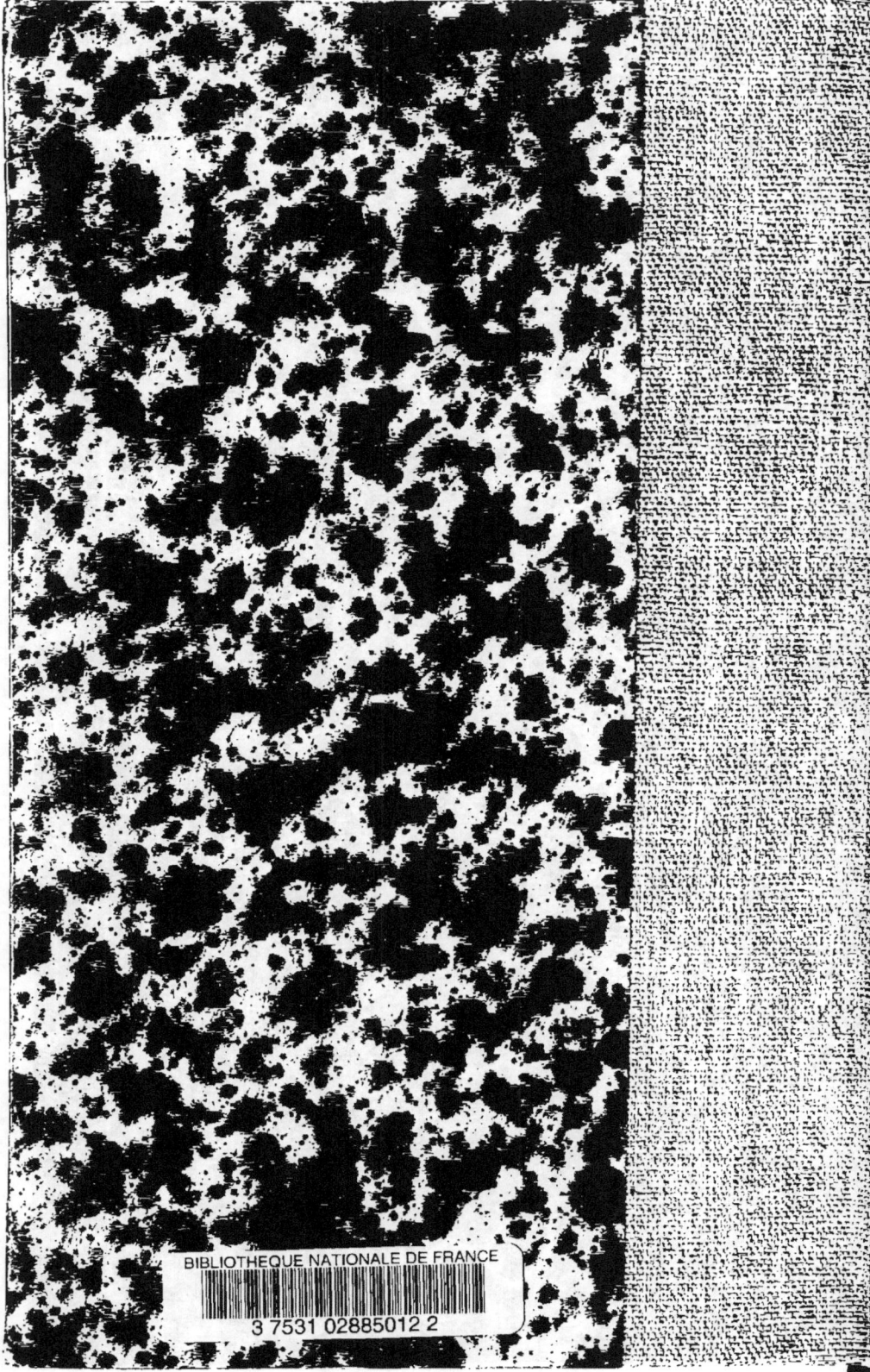